U0458544

大
讲 家
述

茅 盾 著 舒 童 编

看见绚丽的阳光

上海三联书店

前言

　　茅盾是现代著名作家，杰出的语言大师，优秀的文艺理论家和翻译家。原名沈德鸿，字雁冰。浙江桐乡乌镇人。1949年后任全国文联副主席、作协主席、文化部长。他以丰硕的创作成果，同鲁迅、郭沫若等一起，奠定了我国革命文艺的基础。代表作《子夜》标志茅盾文学创作在思想和艺术上的成熟。他的小说，描绘深广的社会生活，展示变幻的时代风云，概括错综复杂的社会矛盾，刻画细腻多姿的艺术形象。他善于结构宏大的艺术宫殿，也长于建筑精巧的艺术画廊。茅盾在文学创作中不断探索，锐意求新，尝试多种结构形式与表现手法，形成精致严谨、犀利剔透的艺术风格。除小说创作外，另有大量文学评论、神话研究、散文、杂文、历史故事等。

　　本书是茅盾谈创作经验、探索创作规律、评论文学作家及文学作品的一个选集。第一辑茅盾谈创作历程，对他的创作道路和创作经验进行回顾与总结，对《幻灭》《动摇》《追求》《子夜》《春蚕》《霜叶红似二月花》《清明前后》等主要作品的创作意图、构思过程、成败得失进行分析总结。第二辑中，他对中国古典文学作品《庄子》《楚辞》《红楼梦》等以及现代文学作家鲁迅、王鲁彦、徐志摩、庐隐、萧红等人的文学作品进行评论。研究者认为，这些作家作品论，从一个侧面记录了中国现代文学的发展轨迹，具有重要的史料价值。第三辑、第四辑选录茅盾当年针对中学生进行世界文学名著的推荐和介绍。第五辑、第六辑是论文艺创作的，所讨论的创作技巧问题，包含选材、构思、人物描写、结构艺术、技术手法以及作家的修养等，内容非常广泛。这些内容都是茅盾当年专门为文学刊物精心撰写的文论或者是在文学座谈上的讲演，饱含他的宝贵经验，对今天的我们来说，仍有启发和帮助。

阅读这部书，不仅可以让我们了解茅盾是如何艰辛地在文学创作道路上行走的，他还金针度人，使我们从中获得宝贵的文学创作经验。

编者
2020 年 1 月

目录

第一辑：和文学发生来往

1978 年，茅盾在工作室

再度和文学发生来往

　　一九二六，也许是我不能忘记的一年。因为从这年的元旦起，我的生活起了小小的波澜。那一天，我是开往广州去的醒狮轮船的搭客，同伴有五个。①

　　离开学校后，我在某书馆充当编辑。我这职业，使我和文学发生了关系。但是一九二六年元旦我上了醒狮轮船以后，我和文学的"职业的关系"就此割断；在轮船上，我写了一篇《南行日记》②，到汕头时寄给上海的朋友，我还预备再写，还预计一个月后回到上海可以多写，不料既到广州，我就住下了，不但《南行日记》无从继续，简直的和文学暂

―――――――――

① 作者于一九二六年元旦与恽代英等上海市五位代表乘"醒狮"轮前往广州参加国民党第二次全国代表大会。六天后到广州。
② 《南行日记》即《南行通讯》（一），署名玄珠，刊于一九二六年一月三十一日《文学周报》二百一十期。

1950年，中国作家代表团在新德里

时绝缘。

那时的广州是一大洪炉，一大旋涡。——一大矛盾！

到三月二十日，这洪炉，这旋涡，来了一个"爆发"。

四月中，我回到了上海；没有职业，可是很忙。那时我的身体比现在好多了，往往奔波竟日以后，还不觉得疲倦，还想做一点自己兴味所在的事。于是我就研究中国神话。这和我白天之所忙，好像有"天渊之隔"，可是我觉得这也是调换心力的一法。

同时我又打算忙里偷闲来试写小说了。这是因为有几个女性的思想意识引起了我的注意。那时正是"大革命"的"前夜"。小资产阶级出身的女学生或女性知识分子颇以为不进革命党便枉读了几句书。并且她们对于革命又抱着异常浓烈的幻想。是这幻想使她走进了革命，虽则不过在边缘上张望。也有在生活的另一方面碰了钉子，于是愤愤然要革命了，她对于革命就在幻想之外再加了一点怀疑的心情。和她们并肩站着的，又有完全不同的典型。她们给我一个强烈的对照，我那试写小说的企图也就一天一天加强。晚上依然弄古董的神话，可是只想快些结束；白天呢，不论在路上走，在电车里，或是在等候人来的时候，我的思想常常为了意念中那小说的结构而烦忙。

记得八月里的一天晚上，我开过了会，打算回家；那时外面大雨，没有行人，没有车子，雨点打在雨伞上腾腾地响，和我同路的，就是我注意中的女性之一。刚才开会的时候，她说话太多了，此时她脸上还带着兴奋的红光。我们一路走，我忽然感到"文思汹涌"，要是可能，我想我那时在大雨下也会捉笔写起来罢？

这晚回家后我就计划了那小说的第一次大纲。

就那样既和文学断绝了"职业"的关系以后，我又"非职业"地再度和文学发生了来往。

《几句旧话》

再弹"老调"

那时计划下了的小说大纲，就是后来那《幻灭》的前半部材料。从计划大纲到动手写，隔开了整整一年。这一年中间，我在革命的洪流里滚。那"大纲"写了后就没有工夫再修改，一九二七年正月我到武汉后就连这"大纲"也忘记得干干净净，就连我曾经有那样的"创作冲动"也忘记得干干净净。

这时的武汉又是一大旋涡，一大矛盾！

而我在上海所见的那样思想意识的女性也在武汉发现了。并且因为是在紧张的大旋涡中，她们的性格便更加显露。那时我的工作使我每天一定要接触许多人，而且一定要有许多时间花在路上——轮渡或洋车，而且有时也要等候人，那时候，我偶然也有"写点小说罢"那样的念头闪过，但是只不过一闪而已，从没继续到十多分钟。因为不但忙，我的身体也不像半年前那么健康。非到午夜二时不能睡觉，第二天十点多起身后又得会客，又要跑机关，又要开会，什么不急之务的"写小说"自然断了念头。

终于那"大矛盾"又"爆发"了！我眼见许多人出乖露丑，我眼见许多"时代女性"发狂颓废，悲观消沉。我离开武汉，到牯岭去养病。

襄阳丸的三等舱里有一个铺位上像帐幔似的挂着两条淡青色的女裙。这用意也许是遮隔人们的视线，然而却引起了人们的注视。我于是在这"人海"的三等舱里又发现了在上海也在武汉见过的两位女性。她们也是要到九江。从她们嘴里，我知道了这下水船上有我的许多熟人。于是那一年前写下而且搁在上海寓所里的所谓小说大纲突又浮上了我的意识。这次因为是闲身子了，就让这"大纲"在我意识上闪动，闪动。

九江住了半天，就上牯岭。找定了旅舍后第一件事就是再弹"老调"，好像题目就是《牯岭通信》①。

《几句旧话》

---

① 《牯岭通信》指《云少爷与草帽》《牯岭的臭虫》，分别发表于《中央副刊》第一二五期（一九二七年七月二十九日）及第一二八期（一九二七年八月一日）。

《幻灭》和《动摇》的创作

虽然是养病，幸而我的病不过是神经衰弱和失眠，我总得弄点事来度日子。尤其是到了山上不满四天，从汉口一同来的两个朋友都就走了，我独个儿便想游山也提不起兴致。

那么正可以试试写小说了，可不是么？然而据说写了字的纸片常常会闯祸，特别在那时候客中。我简单的行李中却还带着一本书：英译的西班牙小说家柴玛萨斯①的作品。光景这是不会闯祸的，我就翻译其中的一篇：《他们的儿子》②。这无非因为在山上没事做，而又不肯离开这样空气好的地方。

刚到山上的时候，熟人很多；一个庐山大旅社

① 柴玛萨斯（Eduarol Zamacuis，1878—？）：西班牙小说家，著有小说和剧本几十部。
② 《他们的儿子》：译文原刊《小说月报》第十八卷第八、十号（一九二七年八月十日、十月十日）；一九二八年六月由商务印书馆出版。

几乎全是武汉下来的逋客。七月杪，他们都分批走了。后来又来了三位，只住一天，就到白云深处的什么洞去避嚣。热闹过一时的牯岭，暂时又冷静了。人在那里只看见云雾，外面的世界闹得怎样，可不大明白。那时还有两位相识者留在山上。都是女子，一位住在医院里，我去访过她一次，只谈了不多几句，她就低声说："这里不便说话。"又一位住在"管理局"，权充了那边的林太太的"清客"；从她那里，我知道了山上世界一个大概。

秋风起后，我就回上海。从乱纸堆里翻出一年前所记的"大纲"来看，我觉得这大纲不能不大加改削了。

那时候，我坐定下来写；结果便是《幻灭》和《动摇》。

所以《幻灭》中把三个女性做了主角，不是偶然的。稍稍知道我的生平，但和我并不相识的人们，便要猜想那三位女性到底是谁，甚至想做"索隐"。然而假使他们和我熟识并且也认识我的男女朋友，恐怕他们就会明白那三个女主角绝对不是三个人，而是许多人——就是三种典型。

并且这三种典型，我写来也有轻重之分。我注意写的，是静女士这一典型；其他两位，只是陪衬，只是对照。而况我又没有写一个真正革命的女性。所以我是应该挨骂的。

《几句旧话》

创作的态度

我所能自信的，只有两点：一、未尝敢"粗制滥造"；二、未尝为要创作而创作。换言之，未尝敢忘记了文学的社会的意义。这是我五年来一贯的态度。至于我的观察究竟深刻到怎样，我的技术究竟有没有独创的地方，那我自己是一点也不敢自信！虽则我常常以"深刻"和"独创"自家勉励，我一面在做，一面在学，可是我很知道进步不多，我离开那真正的深刻和独创还是很远呀！现在已经不是把小说当作消遣品的时代了。因而一个做小说的人不但须有广博的生活经验，亦必须有一个训练过的头脑能够分析那复杂的社会现象；尤其是我们这转变中的社会，非得认真研究过社会科学的人每每不能把它分析得正确。而社会对于我们的作家的迫切要求，也就是那社会现象的正确而有为的反映！每每想到这一些，我异常兴奋，我又万分惶悚；我庆幸我能在这大时代当一名文艺的小卒，我又自感到我漫无社会科学的修养就居然执笔写小说，我真是太胆大了！

然而我还是继续在写。因为我知道我还没有老，我的脑神经还没有硬化，我还能够学习。每逢翻读自家的旧作，自己看出了毛病来的时候，我一方面万分惭愧，而同时另一方面却长出勇气来，因为居今日而知昨日之非，便是我的自我批评的功夫有了进展；我于是仔细地咀嚼我这失败的经验，我生气虎虎地再来动手做一篇新的。我永远自己不满足，我永远"追求"着。我未尝夸大，可是我也不肯妄自菲薄！是这样的心情，使我年复一年，创作不倦。

《我的回顾》

文学生涯的"里程碑"

我的第一次作品是长篇小说《幻灭》，接着又写了《动摇》和《追求》，也是长篇。第四次的作品《创造》方是短篇。这算是我对于短篇小说的尝试。那时候，我觉得所有自己熟悉的题材都是恰配做长篇，无从剪短似的。虽然知道短篇小说的作法和长篇不同，短篇小说应该是横截面的写法，因而同一的题材可以写成长篇，也可以写成短篇；但是那时候的我笨手笨脚，总嫌几千字的短篇里容纳不下复杂的题材。第一个短篇小说《创造》脱稿时，我觉得比做长篇还要吃力，我不会写短篇小说！

以后我又写了《自杀》等四五个短篇。在题材上和技术上，都和那《创造》同属一类，实在可说是浪费笔墨。一九二九年冬天病后，神经衰弱，常常失眠，已经写了三分之一的长篇小说《虹》也无力续完，于是我又再试试短篇。这结果就是那篇《陀螺》了。我不知道人家的意见怎样，在我自己呢，却觉得《陀螺》和从前写的短篇有点不同，至少，从前那种"无从剪短似的"拘束局促，是摆脱了一些了。

但在题材方面，这《陀螺》还是和《创造》等篇没有什么两样。那时我离开剧烈斗争的中国社会很远，我过的是隐居似的生活。我没有新题材。并且最奇怪的是我那时候总没想到应用自家亲身经历过的"旧题材"。一九二八年以前那几年里震动全世界、全中国的几次大事件，我都是熟悉的，而这些"历史的事件"都还没有鲜明力强的文艺上的表现；我在《幻灭》《动摇》，以及那未完的《虹》里面，只作了部分的表现，我应该苦心地再处理那些题材。然而写著《陀螺》那时候的我却从没这样打算过。似乎因为自家不满意那几部旧作，就连带地撇开了那些旧题材。另外我还有一种不成理的意见：我以为那些"历史事件"须得装在十万字以上的长篇里这才能够抒写个淋漓透彻。而我那时的精神不许我写长篇。最后一个原因是我那时候对于那些"旧题材"的从新估定价值还没有把握。自家觉得写了出来时大概仍是"老调"，还不如不写。

但是想改换题材和描写方法的意志却很坚强。同时我又走回血肉斗争的大都市上海来了，这是一九三〇年春天。而病又跟着来了。这次是更厉害的神经衰弱和胃病。小说再不能做，我的日常课程就变做了看人家在交易所里发狂地做空头，看人家奔走拉股子，想办什么厂，看人家……然而这样"无事忙"的我，偶尔清早起来无可消遣（这时候，人家都在第一个梦境里，我当然不能去看他们），便也动动笔，二百字，三百字，至多五百字。《豹子头林冲》和《大泽乡》等三篇就在那样的养病时期中写成了。

这算是我第一回写得"短"。以前的短篇至少也有一万字光景。在题材方面，我算是改换了，我逃避现实。自然我不缺乏新题材，可是我从来不把一眼看见的题材"带热地"使用，我要多看些，多咀嚼一会儿，要等到消化了，这才拿出来应用。这是我的牢不可破的执拗。我想我这脾气也并不算坏！

直到一九三一年春天，我的身体方才好些。再开始做小说，又是长篇。那一年就写了《三人行》《路》，以及《子夜》的一半。本年元旦，病又来了，以后是上海发生战事，我自己奔丧，长篇《子夜》搁起了，偶有时间就再做些短篇，《林家铺子》和《小巫》便是那时的作品。题材是又一次改换，我第一回描写到乡村小镇的人生。技术方面，也有不少变动；拿《创造》和《林家铺子》一对看，便很显然。我不知道人家的意见怎样，在我自己，则颇以为我这几年来没有被自己最初铸定的形式所套住。我在第二短篇集《宿莽》的《弁言》里有过这样一句话："一个已经发表过若干作品的作家的困难问题也就是怎样使自己不至于粘滞在自己所铸成的既定的模型中。"旁的作家怎样，我不知道；我自己是尝过此中味道的。

所以当作我的短短五年的文学生涯的"里程碑"来看时，我就觉得《创造》《陀螺》《大泽乡》《林家铺子》《小巫》等篇对于我颇显得亲切了。《叩门》等三篇随笔因为也多少可以表示我的面目，想起来时也有亲切之感。

《我的回顾》

先立乎其大，有志者竟成

　　自己想来，当开始写作的时候，我的生活圈子实在比今天要狭小得多，对于人情世态之了解，也大不如今天。然而那时候胆壮气旺，写之不已，略无踌躇。这自然是幼稚妄为，现在回想起来，自己也会吃惊那时的勇气可真不小呢，然而不懊悔。因为那一点狭小的生活经验，确是我那时生活的全部——至少是那时生活的重心所在。另一方面，也因为圈子小，所见所感反倒亲切而具体些；这亲切而具体，便壮起了我的写作的胆量来了。及至阅历渐多，一方面固然明白了昨日之可笑的幼稚，同时却也痛感得今日之生活经验还不够得很。人生如大海，出海愈远，然后愈感得其浩淼无边。昨日仅窥见了复杂世相之一角，则瞿然自以为得之，今日既由一角而几几及见全面，这才嗒然自失，觉得终究还是井底之蛙。倘不肯即此自满，又不甘到此止步，那么，如何由此更进，使我之认识，自平面而进于立体，这是紧要的一关。能不能胜利地过这一关呢？不敢说一定能够，但也不甘愿说一定无望。事在人为。幼时在故乡进小学，因为那是一个书院改成的，大门上雕刻一副对联，是这样十个字："先立乎其大；有志者竟成。"我想我们从事写作，这十个字极有用处。我们写作的范围决不是包罗了三百六十行的，然而三百六十行的事儿我们不能不都晓得一点。表现在我们笔下的，只是现实的一局部。然而没有先理解全面，那你对于这一局部也不会真正认识得透彻。所以我自觉得，严肃的工作此时正当开始呢，要认真用功起来。

《回顾》

观察人物的"三个阶段"

　　我怎样开始写第一篇小说的？事极平凡。因为那时适当生活"动"极而"静"，许多新的印象，新的感想，萦回心头，驱之不去，于是好比寂寞深夜失眠想找个人谈谈而不得，便喃喃自语起来了。如果我以前不曾和文学有过一点关系，那么，这"喃喃自语"怕也不会取了小说这形式罢？那时只觉得倘不倾吐心头这一点东西便会对不起人也对不起自己似的。至于这一点东西浅薄到如何程度，错误到如何程度，一概都不管了，自然，更不会考虑到这样写出来的东西是否投合世俗之所好了。后来我写长篇小说大都先有一个比较详细的大纲，可是写《幻灭》的当儿还不曾想到应该如此这般先布置一下。那时简单得很，我要倾吐的这一点东西既表现在几个人物的身上，那就把这几个人物作为间架，拍上了现成的故事就算了。认真来考虑结构，分析人物，而且先写比较详细（那时的也还是比较详细而已）

的大纲，是从《动摇》开始的。

通常以为《幻灭》等三部小说里的人物大概都是我极熟的一些朋友们的"化身"。自然，中间有一点熟人的影子。但这所谓"熟人"并不是"我的朋友"的意思，而是说，我的生活曾和他们的生活有过接触；这接触的时间或久或暂，范围或广或仄，大多数我只看到在工作中的他们的面目，能够也看到他们私生活的角落的只是少数。我对于他们的知识，说不上是完全的。然而也许正因为不全，那时我倒有胆量去描写他们了。这好像理之所无，可实在又是事所常有。这当然不足为训。但由此证明了这一点：凡使我们沾沾自喜，奋然提笔，若不可耐的第一印象，通常是应当加以严格地检讨的。观察人物，我以为常常得经过三个阶段：最初是有所见而不全，此时倒有胆子提笔就写；其次是续有所见然而愈看愈不敢说已有把握，此时就不敢贸然下笔；最后方是渐觉认识清楚，这才自信力又回复过来。能在第一阶段上缩住发痒的手，也不被第二阶段所吓倒，则到达最后一阶段也不是怎样困难的。写作之事，是一种劳作，写作的用心之处好像跟解答代数难题没有什么两样。不少这样的题目：上手看时很简单，解起来却遇到困难；更多的是这样的人：初看单纯，愈看愈觉得不那么简单。

《回顾》

写作的习惯

　　事实上各人的写作习惯各人不同。因为相信写作之事是一种劳作，所以我的惯用的方法也就跟，比方说，制造一架机器什么的相差不多。

　　材料应当是道地货，代用品和"第二手的"货，尽可能要避免。检验材料是第一义。以后的功夫便是打图样了。我的习惯，图样不厌求详，倘可能，详尽到等于作品的一个节本那样，也就更好。打图样的时候，往往会发现材料还有不尽合式之处，或者，更重要的，思想上还有未成熟之处。我想加重说，打图样的主要目的之一正是要检查思想有没有未尽成熟，或材料有没有未尽合式。我所以十分看重打图样这过程，理由便是这一点。这一步功夫做过以后，剩下来的事情，我以为便很简单了。要是还会碰到困难，那光景是打图样的时候太疏忽，不曾发现还有未成熟和未尽合式。

　　图样打到一半，再也弄不下去，不得不歇手的，

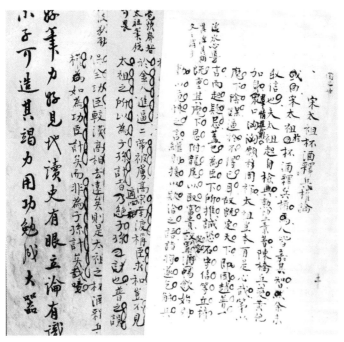

茅盾小学"文课"手稿

也是常有的事。这显然也还是生活经验不够、认识不清之故,这不是技术问题。我以为写作上遇到的任何难关,任何严重的错误,归根到底都是思想问题。

《回顾》

写小说的凭借

　　"人"——是我写小说时的第一目标。我以为总得先有了"人"，然后一篇小说有处下手。不过一个"人"他在卧室里对待他的夫人是一种面目，在客厅里接见他的朋友亲戚又是一种面目，在写字间里见他的上司或下属又另有一种面目，他独自关在一间房里盘算心事的时候更有别人不大见得到的一种面目；因此要研究"人"便不能把他和其余的"人"分隔开来单独"研究"，不能像研究一张树叶子似的，可以从枝头摘下来带到书桌上，照样地描。"人"和"人"的关系，因而便成为研究"人"的时候的第一义了。

　　于是单有了"人"还不够，必得有"人"和"人"的关系；而且是"人"和"人"的关系成了一篇小说的主题，由此生发出"人"。而这些生发出来的"人"当然不能是凭空地想。

　　我以为一个写小说的人如果要研究的话，就应是研究"人"。应不是"小说作法"之类。

　　"人"有了，"人"与"人"的关系也有了，问题就落到实际的写作。我想仍旧讲我自己罢。最初，我并不觉得这方面也不能单在书桌上研究。但是许多文学上的先例以及自己的经验都告诉我：如果要借书中"人"的嘴巴里很简单的两三句话把那"人"的典型的性格写出来，或是要使书中"人"嘴巴里说的确实是活人的话，那也仍得抛开了书桌上的推敲而向活人群中研究。

　　没有读过若干的前人的名著，并且是读得很入迷，而忽然写起小说来，并且又写得很好的作家，大概世界上并不多罢。劳动阶级或农民出身的作家，虽然并没受过学校教育，可是在他从事文艺创作以前，大都先和前人的名著有过接触的。自然，世间也有未尝读过前人的名著而就能够写了好的作品的人，但是他即使没有受到前人的名著的影响，他大概总受到过民间的口头文学的影响；他从民间故事、歌谣等等民间的无名作家的集体作品（而这些作品经过长久时代的锻炼和增饰，具有高度的艺术价值）一定受到过很多的好处。赤手空拳毫无凭借的作家，事实上是不会有的。所以写小说的人倘使除了研究"人"而外还有什么应得研究的，就是前人的名著以及累代相传的民间文学。

　　我觉得我开始写小说时的凭借还是以前读过的一些外国小说。我读得很杂。英国方面，我最多读的，是狄更斯和司各特；法国的是大仲马和莫泊桑、左拉；俄国的是托尔斯泰和契诃夫；另外就是一些弱小民族的作家了。这几位作家的重要作品，我常常隔开多少时后拿来再读一遍。除了英国，其余各国的作品我都从英文的译本读的。记得我的《幻灭》发表了后，有一位批评家说我很受屠格涅夫的影响，我当时觉得很惊异，因为屠格涅夫我最读得少，他是不在我爱读之列。为什么呢？我自己也不知道。高尔基以及新俄诸作家是最近才读起来的。高尔基的中篇《起码人》（Prcman）我读了译为"Out Cast"的一个英译本，也读了译为"Creatures Once Were Men"的一个英译本，我觉得倘使我能直接读原文，我一定还能读得入迷些罢。就这两个英译本而言，我觉得前者胜于后者，但究竟何者为近于原文的风格，我不知道。

本国的旧小说中，我喜欢《水浒》和《儒林外史》。这也是最近的事。以前有一个时期，我相信旧小说对于我们完全无用。但是我仍旧怀疑于这些旧小说对于我们的写作技术究竟有多少帮助。至于《红楼梦》，在我们过去的小说发展史上自然地位颇高，然而对于现在我们的用处会比《儒林外史》小得多了。如果有什么准备写小说的年青人要从我们旧小说堆里找点可以帮助他"艺术修养"的资料，那我就推荐《儒林外史》，再次，我倒也愿意推荐《海上花》①——但这决不是暗示年青人去写跳舞场之类。

自家写的东西写过出版后就不愿意再去看。偶然再看了时，心里总发生了"这是我写的么？"的感想。刚脱稿不久的小说自然是记得清清楚楚的，夜里睡不着时回想起来，便想出毛病来了；

---

① 《海上花》即《海上花列传》，花也怜侬（本名韩邦庆，字子云）著，一八九二年起连载于文艺刊物《海上奇书》。一九二六年上海亚东书局印行时封面题为《海上花》。

1955 年上半年，茅盾两
次到上海搜集创作素材。
这是他在上海参观

但特别是夜里读着西洋名著读出了味的时候，更能回想出自家的
毛病来。我以为一个人开始新写一篇的时候，最好能把他的旧作
统统忘记；最好是每次都像是第一次动笔，努力把"已成的我"
的势力摆脱。

《谈我的研究》

《幻灭》

　　先讲《幻灭》。有人说这是描写恋爱与革命之冲突，又有人说这是写小资产阶级对于革命的动摇。我现在真诚地说：两者都不是我的本意。我是很老实的，我还有在中学校时做国文的习气总是粘住了题目做文章的；题目是"幻灭"，描写的主要点也就是幻灭。主人公静女士当然是一个小资产阶级的女子，理智上是向光明，"要革命的"，但感情上则每遇顿挫便灰心；她的灰心也是不能持久的，消沉之后感到寂寞便又要寻求光明，然后又幻灭；她是不断地在追求，不断地在幻灭。她在中学校时代热心社会活动，后来幻灭，则以专心读书为遁逃薮，然而又不耐寂寞，终于跌入了恋爱，不料恋爱的幻灭更快，于是她逃进了医院；在医院中渐渐地将恋爱的幻灭的创伤平复了，她的理智又指引她再去追求，乃要投身革命事业。革命事业不是一方面，静女士是每处都感受了幻灭；她先想做政治工作，她做成了，但是幻灭；她又干妇女运动，她又在总工会办事，一切都幻灭。最后她逃进了后方病院，想做一件"问心无愧"的事，然而实在是逃避，是退休了。然而她也不能退休寂寞到底，她的追求憧憬的本能再复活时，她又走进了恋爱。而这恋爱的结果又是幻灭——她的恋人强连长终于要去打仗，前途一片灰色。

《幻灭》就是这么老实写下来的。我并不想嘲笑小资产阶级，也不想以静女士作为小资产阶级的代表；我只写一九二七年夏秋之交一般人对于革命的幻灭；在以前，一般人对于革命多少存点幻想，但在那时却幻灭了；革命未到的时候，是多少渴望，将到的时候是如何的兴奋，仿佛明天就是黄金世界，可是明天来了，并且过去了，后天也过去了，大后天也过去了，一切理想中的幸福都成了废票，而新的痛苦却一点一点加上来了，那时候每个人心里都不禁叹一口气："哦，原来是这么一回事！"这就来了幻灭。这是普遍的，凡是真心热望着革命的人们都曾在那时候有过这样一度的幻灭；不但是小资产阶级，并且也有贫苦的工农。这是幻灭，不是动摇！幻灭以后，也许消极，也许更积极，然而动摇是没有的。幻灭的人对于当前的骗人的事物是看清了的，他把它一脚踢开；踢开以后怎样呢？或者从此不管这些事；或者是另寻一条路来干。只有尚执着于那事物而不能将它看个彻底的，然后会动摇起来。所以在《幻灭》中，我只写"幻灭"；静女士在革命上也感得了一般人所感得的幻灭，不是动摇！

《从牯岭到东京》

《动摇》

　　同样的，《动摇》所描写的就是动摇，革命斗争剧烈时从事革命工作者的动摇。这篇小说里没有主人公；把胡国光当作主人公而以为这篇小说是对于机会主义的攻击，在我听来是极诧异的。我写这篇小说的时候，自始至终，没有机会主义这四个字在我脑膜上闪过。《动摇》的时代正表现着中国革命史上最严重的一期，革命观念革命政策之动摇——由"左倾"以至发生"左稚病"，由救济"左稚病"以至右倾思想的渐抬头，终于为大反动。这动摇，也不是主观的，而有客观的背景；我在《动摇》里只好用了侧面的写法。在对于湖北那时的政治情形不很熟悉的人自然是茫然不知所云的，尤其是假使不明白《动摇》中的小县城是哪一个县，那就更不会弄得明白。人物自然是虚构，事实也不尽是真实：可是其中有几段重要的事实是根据了当时我所得的不能披露的新闻访稿的。像胡国光那样的投机分子，当时很多；他们比什么人都要左些，许多惹人议论的左倾幼稚病就是他们干的。因为这也是"动摇"中一现象，所以我描写了一个胡国光，既没有专注意他，更没半分意思攻击机会主义。自然不是说机会主义不必攻击，而是我那时却只想写"动摇"。本来可以写一个比他更大更凶恶的投机派，但小县城里只配胡国光那样的人，然而即使是那样小小的，却也残忍得可怕：捉得了剪发女子用铁丝贯乳游街然后打死。小说的功效原来在借部分以暗示全体，既不是新闻纸的有闻必录，也不同于历史的不能放过巨奸大憝。所以《动摇》内只有一个胡国光；只这一个，我觉得也很够了。

方罗兰不是全篇的主人公，然而我当时的用意确要将他作为《动摇》中的一个代表。他和他的太太不同。方太太对于目前的太大的变动不知道怎样去应付才好，她迷惑而彷徨了；她又看出这动乱的新局面内包孕着若干矛盾，因而她又微感幻灭而消沉，她完全没有走进这新局面新时代，她无所谓动摇与否。方罗兰则相反；他和太太同样的认不清这时代的性质，然而他现充着党部里的要人，他不能不对付着过去，于是他的思想行动就显得很动摇了。不但在党务在民众运动上，并且在恋爱上，他也是动摇的。现在我们还可以从正面描写一个人物的政治态度，不必像屠格涅夫那样要用恋爱来暗示；但描写《动摇》中的代表的方罗兰之无往而不动摇，那么，他和孙舞阳恋爱这一段描写大概不是闲文了。再如果想到《动摇》所写的是"动摇"，而方罗兰是代表，胡国光不过是现象中间一个应有的配角，那么，胡国光之不再见于篇末，大概也是不足为病罢！

我对于《幻灭》和《动摇》的本意只是如此；我是依这意思做去的，并且还时时注意不要离开了题旨，时时顾到要使篇中每一动作都朝着一个方向，都为促成这总目的之有机的结构。如果读者所得的印象而竟全都不是那么一回事，那就是作者描写的失败了。

《从牯岭到东京》

《追求》

《追求》刚在发表中，还没听得什么意见。但据看到第一二章的朋友说，是太沉闷。他们都是爱我的，他们都希望我有震撼一时的杰作出来，他们不大愿意我有这缠绵幽怨的调子。我感谢他们的厚爱。然而同时我仍旧要固执地说，我自己很爱这一篇，并非爱它做得好，乃是爱它表现了我的生活中的一个苦闷的时期。上面已经说过，《追求》的著作时间是在本年四月至六月，差不多三个月；这并不比《动摇》长，然而费时多至二倍，除去因事搁起来的日子，两个月是十足有的。所以不能进行得快，就因为我那时发生精神上的苦闷，我的思想在片刻之间会有好几次往复的冲突，我的情绪忽而高亢灼热，忽而跌下去，冰一般冷。这是因为我在那时会见了几个旧友，知道了一些痛心的事——你不为威武所屈的人也许会因亲爱者的乖张①使你失望而发狂。这些事将来也许会有人知道的。这使得我的作品有一层极厚的悲观色彩，并且使我的作品有缠绵幽怨和激昂奋发的调子同时并在。《追求》就是这么一件狂乱的混合物。我的波浪似的起伏的情绪在笔调中显现出来，从第一页以至最末页。

这也是没有主人公的。书中的人物是四类：王仲昭是一类，张曼青又一类，史循又一类，章秋柳、曹志方等又为一类。他们都不甘昏昏沉沉过去，都要追求一些什么，然而结果都失败；甚至于史循要自杀也是失败了的。我很抱歉，我竟做了这样颓唐的小说，我是越说越不成话了。但是请恕我，我实在排遣不开。我只能让它这样写下来，作一个纪念；我决计改换一下环境，把我的精神苏醒过来。

我已经这么做了，我希望以后能够振作，不再颓唐；我相信我是一定能的，我看见北欧运命女神②中间的一个很庄严地在我面前，督促我引导我向前！她的永远奋斗的精神将我吸引着向前！

《从牯岭到东京》

---

① 亲爱者的乖张：指瞿秋白的"左"倾盲动主义（一九二七年十一月至一九二八年初）。

② 北欧运命女神：见北欧神话"当时用这个洋典故，寓意盖在苏联也"，"按欧洲人习惯，北欧实指斯堪的纳维亚半岛"。（引文均见一九六一年六月十五日茅盾致庄钟庆信）

"茅盾"笔名的由来

一九二七年八月，我从武汉回到上海，一时无以为生，朋友劝我写稿出售，遂试为之，在四个星期中写成了《幻灭》。那时候，只有《小说月报》还愿意发表，叶圣陶先生代理着这个刊物的编辑。可是，在那时候，我是被蒋介石政府通缉的一人，我的真名如果出现在《小说月报》，将给叶先生招来了麻烦，而且，《小说月报》的老板商务印书馆也不会允许的；为了能够发表，就不得不用个笔名，当时我随手写了"矛盾"二字。但在发表时却变为"茅盾"了，这是因为叶先生以为"矛盾"二字显然是个假名，怕引起注意，依然会惹麻烦，于是代我在"矛"上加个草头，成为"茅"字，《百家姓》中大概有此一姓，可以蒙混过去。这当然有点近乎"掩耳盗铃"，不过我也没有一定要反对的理由。

为什么我取"矛盾"二字为笔名？好像是随手拈来，然而也不尽然。"五四"以后，我接触的人和事一天一天多而且复杂，同时也逐渐理解到那时渐成为流行语的"矛盾"一词的实际；一九二七年上半年我在武汉又经历了较前更深更广的生活，不但看到了更多的革命与反革命的矛盾，也看到了革命阵营内部的矛盾，尤其清楚地认识到小资产阶级知识分子在这大变动时代的矛盾，而且，自然也不会不看到我自己生活上、思想中也有很大的矛盾。但是，那时候，我又看到有不少人们思想上实在有矛盾，甚至言行也有矛盾，却又总自以为自己没有矛盾，常常侃侃而谈，教训别人——我对这样的人就不大能够理解，也有点觉得这也是"掩耳盗铃"之一种表现。大概是带点讽刺别人也嘲笑自己的文人积习罢，于是我取了"矛盾"二字作为笔名。但后来还是带了草头出现，那是我所料不到的。

《写在〈蚀〉的新版的后面》

《子夜》的创作

　　《子夜》十九章，始作于一九三一年十月，至一九三二年十二月五日脱稿；其间因病，因事，因上海战事，因天热，作而复辍者，综计亦有八个月之多，所以也还是仓促成书，未遑细细推敲。

　　但构思时间却比较的长些。一九三〇年夏秋之交，我因为神经衰弱、胃病、目疾，同时并作，足有半年多不能读书作文，于是每天访亲问友，在一些忙人中间鬼混，消磨时光。就在那时候，我有了大规模地描写中国社会现象的企图。后来我的病好些，就时常想实现我这"野心"。到一九三一年十月，乃整理所得的材料，开始写作。所以此书在构思上，我算是用过一番心的。

　　现在写成了，自视仍复疏漏。可是我已经疲倦了，而神经衰弱病又有复发之势，我不遑再计工拙，就靦然出版了。

　　我的原定计划比现在写成的还要大许多。例如农村的经济情形、小市镇居民的意识形态（这决不像某一班人所想象那样单纯），以及一九三〇年的"新儒林外史"——我本来都打算连锁到现在这本书的总结构之内；又如书中已经描写到的几个小结构，本也打算还要发展得充分些；可是都因为今夏的酷热损害了我的健康，只好马马虎虎割弃了，因而本书就成为现在的样子——偏重于都市生活的描写。

《〈子夜〉后记》

《子夜》的写作方法

　　本书的写作方法是这样的：先把人物想好，列一个人物表，把他们的性格发展以及连带关系等等都定出来，然后再拟出故事的大纲，把它分章分段，使他们联接呼应。这种方法不是我的创造，而是抄袭旁人的。巴尔扎克，他起初并不想做什么小说家，他打算做一个书坊老板，翻印名著袖珍本，他同一个朋友讲好，两个人合办，后来赔了钱，巴尔扎克也得分担一半。但是他没有钱，只得写小说去还债。他和书店订下合同，限期交货。但是因为时间仓促，经常来不及，他便想下一个巧妙的办法，就是先写一个极简单的大纲，然后再在大纲上去填写补完，这样便能按期交稿，收到稿费。我不比巴尔扎克那样着急，不必完全依照他那样作。我有时一两万字一章的小说，常写一两千字的大纲。

《《子夜》是怎样写成的》

《春蚕》的创作

我认识不少干"茧行"的，其中也有不少是亲戚故旧。这一方面的知识的获得就引起了我写《春蚕》的意思。

至于故事本身，平淡无奇：当时江浙一带以养蚕为主要生产的农村，差不多十家里有九家是同一命运的。

太湖区域（或者扬子江三角洲）的农村文化水准相当高。文盲的数目，当然还是很多的。但即使是一个文盲，他的眼界却比较开阔，容易接受新的事物。通常的看法总以为这一带的农民比较懒，爱舒服，而人秉性柔弱。但我的看法却不然。蚕忙、农忙的时期，水旱年成，这一带农民的战斗精神和组织力，谁看了能不佩服？（我写过一篇"速写"，讲到他们如何有组织地和旱魃斗争的，这完全是事实。）抗战初年，上海报上登过一段小新闻，讲到北方某地农民看到了一个日本俘虏就大为惊奇，说：

"原来鬼子的面目和我们的一模一样！"可是在我们家乡一带的农民们便不会发生这样的惊异。他们早就熟知"东洋人"（不叫鬼子了）是何等样的面目，何等样的人。一九三〇年顷，这一带的农民运动曾经有过一个时期的高潮。农民的觉悟性已颇可惊人。诚然，在军阀部队"吃粮"的，很少这一带的农民，向来以为他们"秉性柔弱"的偏见，大概由此造成。可是，根本的原因还是在于这一带的工业能吸收他们。事实早已证明，为了自己的利益，他们是能够斗争，而且斗争得颇为顽强的。

这是我对于我们家乡一带农民的看法。根据这一理解，我写出了《春蚕》中那些角色的性格。

自然，在描写那些角色的个性时起作用的，也还有我比较熟悉的若干个别农民。上面说过，我未曾在农村生活过，我所接近的农民只是常来我家的一些"乡亲"，包括了几代的"丫姑爷"；但因为是"丫姑爷"，他们倒不把我当作外人，我能倾听他们坦白直率地诉说自身的痛苦，甚至还能听到他们对于我所抱的理想的质疑和反应，一句话，我能看到他们的内心，并从他们口里知道了农村中一般农民的所思所感与所痛。

总结起来说，《春蚕》构思的过程大约是这样的：先是看到了帝国主义的经济侵略以及国内政治的混乱造成了那时的农村破产，而在这中间的浙江蚕丝业的破产和以育蚕为主要生产的农民的贫困，则又有其特殊原因——就是中国"厂经"在纽约和里昂受了日本丝的压迫而陷于破产（日本丝的外销是受本国政府扶助津贴的，中国丝不但没有受到扶助津贴，且受苛杂捐税之困），丝厂主和茧商（二者是一体的）为要苟延残喘便加倍剥削蚕农，以为补偿，事实上，在春蚕上簇的时候，茧商们的托拉斯组织已经定下了茧价，注定了蚕农的亏本，而在中间又有"叶行"（它和茧行也常常是一体）操纵叶价，加重剥削，结果是春蚕愈熟，蚕农愈困顿。从这一认识出发，算是《春蚕》的主题已经有了，其次便是处理人物，构造故事。

　　我写小说，大都是这样一个构思的过程。我知道这样的办法有利亦有弊，不过习惯已成自然，到现在还是如此。

　　　　　　　　　　　　　　　　《我怎样写〈春蚕〉》

《霜叶红似二月花》书名的由来

　　太平洋战争爆发的下一年春天，我到了桂林。我的家很简单，夫妇二人而已，然而也找不到安顿的地方。在旅馆住了半个月，总算找到了一间小房，一榻之外，仅容一方桌；但是，也还是朋友们情让的。这是一所大楼房的一间下房，大楼房住着三四家，都在楼上，只我一家住在楼下，我这小房虽然奇小，我倒也觉得够用。方桌上摆着油盐酱醋的瓶瓶罐罐，就在这些瓶瓶罐罐的旁边，我写了《劫后拾遗》，又写了几十篇杂文，亦写了《霜叶红似二月花》。

　　我的小房外边就是颇大的一个天井（院子）。每天在一定时候，天井里非常热闹。楼上经常是两三位太太，有时亦夹着个把先生，倚栏而纵谈赌经，楼下则是三四位女佣在洗衣弄菜的同时，交换着各家的新闻，杂以诟谇，楼上楼下，交相应和；因为楼上的是站着发议论，而楼下的是坐着骂山门，这就叫我想起了唐朝的坐部伎和立部伎[1]，而戏称之为"两部鼓吹"。

《霜叶红似二月花》就这样在"两部鼓吹"声中一点一点写起来了。大约花了两个半月，刚写完第一部（即现在的这本书），而条件变化，我不能在桂林再住下去，不得不赴重庆；为了张罗盘缠，就把这已成的部分交给一个私家出版社，可是还没有书名。

那时候，残秋向尽，我在桂林已经住了九个月了。为了料理行装，偶然到某处，看见半林红叶，忽然想起了杜牧的题为《山行》那首七绝来，便反复讽咏这诗的最后一句；于是"灵机"一动，想道：何不把这一句借作我的书名呢？杜牧的诗，已经没有版权，我借用它一句，不会发生侵犯著作权的法律问题，可是我还是改动了一个字，为什么要改动一个字呢？也有我的想法。现在先把杜牧的原诗抄在下面：

远上寒山石径斜，白云生处有人家；

停车坐爱枫林晚，霜叶红于二月花。

第四句，杜牧原来用了个"于"字，我借用此句，却把"于"字改为"似"字，既然申明此句是借用，那么，擅改一字，大概

---

[1] 坐部伎和立部伎：唐代宫廷乐舞的两大类别。坐部伎在堂上表演，用细乐伴奏。其乐工、舞者亦称坐部伎。立部伎在堂下表演，用锣鼓等乐器伴奏。其乐工、舞者亦称立部伎。这里借用来形容或坐或立、喧闹纷杂的邻居。下文"两部鼓吹"亦本此。

可免于粗暴之罪；然而我还得把理由说一说。

　　让我先来冒险一回，试解释原诗此句的意义。我以为杜牧此诗虽系写景而亦抒情，末句双关，无论就写景说，或就抒情说，都很新颖，乃前人所未曾设想的境界。这一句（霜叶红于二月花）正面的意思我以为是：人家都说二月的花盛极一时，可是我觉得经霜的红叶却强于二月的花。但是还有暗示的意思，大抵是这样：少年得意的幸运儿虽然像二月的花那样大红大紫，气势凌人，可是他们经不起风霜，怎及得枫叶经霜之后，比二月的花更红。这样，霜叶就比喻虽不得志但有学问抱负的人，也可以说，杜牧拿它来比自己的。

　　杜牧出身于高门世族。他的祖父就是编辑那部有名的《通典》的杜佑，做过唐朝德宗、顺宗、宪宗三朝的宰相。杜牧的伯父、堂兄们，也都做了大官（堂兄杜悰做过节度使，也做过宰相），但是杜牧一生却不得志。他少年登科，关心国事，颇有用世之志，然而夹在那时党争之中，做京官备位闲曹[1]，而迫于经济（杜牧的父亲早死，他这一房并没多大产业，所以他自说"幼孤贫"，后来他不得不靠官俸度日），不得不屡求外放。中年以后，这位"十年一觉扬州梦"的诗人颇有点苦闷，转而为旷达，同早年的豪放，成一对照。凡是读过《樊川集》的人都可以看出这一点来的。这一首《山行》，何时所作，已不可考，但诗境既属旷达一类，当系中年以后之作。（杜牧四十以后，八年中间，做了

_____

[1]　备位闲曹：有官职而闲居的人，即闲官。

四个地方的刺史，皆在江南；五十一岁卒。）我把《山行》的第四句作了如上的解释，就是根据了杜牧的身世和思想的特点而作了大胆的推论。

但是为什么我又改"于"为"似"而后用作我的书名呢？

这就要谈一谈我写这本书的企图。

本来打算写从"五四"到一九二七年这一时期的政治、社会和思想的大变动，想在总的方面指出这时期革命虽遭挫折，反革命虽暂时占了上风，但革命必然取得最后胜利；书中一些主要人物，如出身于地主阶级和小资产阶级的青年知识分子，最初（在一九二七年国民党叛变以前）都是很"左"的，宛然像是真的革命党人，可是考验结果，他们或者消极了，或者投向反动阵营了。如果拿霜叶作比，这些假左派，虽然比真的红花还要红些，究竟是冒充的，"似"而已，非真也。再如果拿一九二七年以后反革命势力暂时占了上风的情况来看，他们（反革命）得势的时期不会太长，正如霜叶，不久还是要凋落。

这就是我所以借用了杜牧这句诗，却又改了一个字的理由了。

当然，这样地反用原诗的意义，截取一句作书名，不免有点牵强，但当时急切间想不出更好的书名，而出版家又催得紧，便姑且用了再说。

《〈霜叶红似二月花〉新版后记》

《清明前后》的创作

"清明"前的某一天，把一天之内报上的新闻排列一看，不禁既悲且愤！这是个什么世纪，而我们还在做着怎样的梦呵！我们应该以能为中国人自傲，因为血战八年的敌后军民是我们的同胞，而在敌后解放区挺着笔杆苦干的，也正是我们的同业；除了英勇的苏联人民，老实说：我以为这次在战争中的其他民族都还没有像我们似的经得起这样惨酷的考验呢，我们怎能不引以自傲？然而，一看到那些专抢桌子底下的骨头，舐刀口上的鲜血的人们也是我的同胞，也有我的同业，我恨得牙痒痒地，我要声明他们不是中国人，他们比公开的汉奸还要可恶。但是，非但这样的声明并无发表之可能，甚至在所谓盟邦眼中，这班人还正是中国人的代表，还正是往来的对象！那时，我这么想：如果只手终不能掩尽天下人耳目，如果百年以后人类并不比现在退化，那么，即使焚尽了一切说真话的书刊，但教此一日的报纸尚传留得一份，也就足够描画出时代是怎样的时代，而在战争中的我们这个中国又是怎样一个世界了！我不相信有史以来，有过第二个地方充满了这样的矛盾、无耻、卑鄙与罪恶；我们字典上还没有足量的诅咒的字汇可以供我们使用。

我把那一天报上的新闻剪下来，打算用个什么方式写成一天的纪录片那样的东西。但是，朋友们鼓励我写剧本的空气，又使我不好意思再不试试。于是从那天报上的形形色色中拣取一小小插曲①来作为题材，而仍然称之曰《清明前后》。

剧本的写作方法，我还没摸清楚。虽然将大纲请教了几位朋友，并承他们悉心指示，可是正像人家把散文分行写了便以为是诗一样，我把小说的对话部分加强了便亦自以为是剧本了。而"说明"之多，亦充分指出了我之没有办法。刚写了两幕，敌人投降的消息来了；乡下并不像城里那样狂欢热闹，但多少也有点嚷嚷然罢，我还是顽强地写着。明知这一来，经济界将有大变，我这题材有点过时了，而且又愈来愈觉得技术上不像个样，可是转念一想，公然卖国殃民的文字还在大量生产呢，我何必客气而不在这乌烟瘴气中喊几声？我终于在胜利声中把五幕写完了。

---

① 小小插曲：指一九四五年轰动重庆的黄金加价舞弊案。一九四五年三月下旬，国民党财政部宣布黄金自每两二万元提价至三万五千元，事先获得消息的主管人员及官僚政客即乘机抢购以获暴利。案发后舆论哗然，国民党当局为搪塞舆论，查办几个有牵连的银行小职员，作为官僚政客营私舞弊的牺牲品。

　　而中国艺术剧社①的朋友们终于还要拿去排演，却使我惶恐。这又是他们在鼓励我了，我明白；可是我总觉得对不起导演和各位演员，只要想想，把一件不成材的东西拿来装扮上台，该是怎样吃力的工作呵！唯有衷心感谢赵丹兄以及参加演出的各位朋友，而且私下里又在自计，如果小学生以后能学好，那么，流汗蒙头的老师们大概也视为一乐罢？

《〈清明前后〉后记》

---

① 中国艺术剧社：中国共产党领导下的进步话剧团体。一九四二年冬成立于重庆。主要负责人有夏衍、于伶、金山、宋之的等。曾演出《家》《戏剧春秋》等。

第二辑：看见绚丽的阳光

1945年，茅盾在重庆

《庄子》

汉代言道家者，常举黄老，老文，罕言老庄。老庄并称，大概始于晋代。当时达官名士，都喜《庄子》。《世说新语》言："庾子嵩读《庄子》，开卷一尺许便放去，曰：'了不异人意！'"又言："阮宣子有令闻，太尉王夷甫见而问曰：'老、庄与圣教同异？'对曰：'将无同？'太尉善其言，辟之为掾。"（并见《世说》二《文学》）这两段话，一正一反，都可以看出《庄子》在那时是如何的风行。然当时一般文人只是好谈《庄子》，并没多少人去研究《庄子》。刘孝标注《世说》，引向秀别传云："秀与嵇康、吕安为友……后秀将注《庄子》，先以告康、安。康、安咸曰：'此书讵复须注，徒弃人作乐事耳！'及成，以示二子。康曰：'尔故复胜不？'安乃惊曰：'庄周不死矣！'"（《晋书》向秀传谓秀注既成，以示康、安曰："故复胜不？"二子读之始叹服。）可知那时的文士大都只是剽掠《庄子》上的话头以为

"玄谭"，并没人把《庄子》来研究；向秀用了苦工去注释，便被人目为迂腐。

《世说新语》又云："初注《庄子》者数十家，莫能究其旨要；向秀于旧注外，为《解义》，妙析奇致，大畅玄风，惟《秋水》《至乐》未竟而秀卒。秀子幼，《义》遂零落，然犹有别本。郭象者，为人薄行，有俊才，见秀《义》不传于世，遂窃以为己注；乃自注《秋水》《至乐》二篇，又易《马蹄》一篇，其余众篇，或定点文句而已。后秀《义》别本出，故今有向、郭二《庄》，其义一也。"（又《晋书》五十，郭象本传，文句并同。）今通行郭象注本，向注早已亡失。（陈振孙谓向秀之注，宋代已不传。）据上所引，郭注实窃向注，似无可疑。然钱曾《读书敏求记》谓世代辽远，传闻异词，《晋书》云云，恐未必信。今以《世说》《晋书》所云，合之《经典释文》所记，诚有足资人疑惑者。据《经典释文》，向秀注《庄子》篇数，有二十六、二十七、二十八，三说，并谓向注无杂篇；但今传郭注，共三十三篇，其中杂篇占十一，与《释文》所谓"向注无杂篇"，固已不符；且《世说》谓象仅加注《秋水》《至乐》二篇，改易《马蹄》一篇，则即依《释文》所记向注篇数三说中之最后说——二十八篇——言之，亦仅三十篇，何来三十三篇之多？此等疑点，足为郭象辩护。但是今考《经典释文》及张湛《列子注》等所引向、郭二家之注，并皆大同小异；如果郭注实由创作，安能与向注冥合若是？可知郭象窃取向注之说，并非全无根据。至于篇数不符，及无杂篇与有杂篇之别，设非《释文》误记，或系郭象取向注离合为三十三篇，且分其中数篇命为杂篇——可是这都不能深考了。又按《秋水》篇"与道大蹇"句，《释文》云："蹇，向，纪辇反"；又"礨空之在于大泽"句，《释文》云："礨，力罪反，向同"；又"证曏今故"句，《释文》云："曏，向、郭云，明也"；又"捕鼠不如狸狌"句，《释文》云："狌音姓，向同"；然则《秋水》篇也是有向注的。

向、郭以前，注《庄子》者已有数十家；向、郭以后，至明代，注者更多。惜大半逸亡。据明焦竑《庄子翼》所列引用书目，自郭象以下凡二十二家；旁引他说，互相发明者，自支遁以下凡十六家；又章句音义，自郭象以下，凡十一家。（焦竑引书名虽多，实唯郭象、吕惠卿、褚伯秀、罗勉道、陆西星五家之说为多，其余特间出数条，略备家数而已。）然都不及郭注之精审。近百年中，考据家校读古书，用力甚勤，发现甚多，而《庄子》则因旧有《释文》，讨治者反寡。仅王念孙、洪颐煊、孙诒让、俞樾等人，各举数十条而已。又有综合诸家之说而为集解者，有郭庆藩的《庄子集释》与王先谦的《庄子集解》。至于疏解义理，从事者更少。章炳麟作《齐物论释》，以"唯识"解《庄子》，最为特出。

自晋以来，对于《庄子》的研究，略如上述。

《〈庄子（选注本）〉绪言》

《庄子》中的神话

　　《庄子》里现在没有严格的神话材料；鲲化为鹏之说，混沌凿窍之谈，河伯海若的对话，黄帝广成的论道，虽均奇诡有趣，然而严格说来，究竟不是神话材料。但是今本《庄子》已非本来面目，据陆德明《庄子释文》序，原来《庄子》杂篇内的文章多似《山海经》，或类占梦书。因其驳杂，不为后人重视，故而今已佚亡。杂篇内文章，许多学者咸认为后人伪作，或者信然，可是陆德明既说多似《山海经》，则此等已亡之《庄子杂篇》大概含有极丰富的神话材料。就中国哲学史言，《庄子杂篇》的大部佚亡，原不足惜，而就中国神话言，不能不说是一大损失了。

　　同例的反者，则为《列子》这部书。《列子》虽称列御寇撰，亦既证明为伪书。此书在中国哲学史上，虽无多大价值，而在中国神话学上，却是很可宝贵。中国神话的重要材料，如女娲补天、共工头触不周山而折天柱、夸父逐日、龙伯大人之国等等，都赖《列子》而保存到我们手里。

　　《淮南子》中所含神话的断片尤多。有女娲补天的神话，有羿射十日的神话，有日月风云的神话，有姮娥奔月的神话；而据《白帖》所引《淮南义》逸文，则乌鹊填河的牛女神话，亦出于《淮南子》了。

《中国神话的保存》

《淮南子》

　　《淮南子》本非一人撰著，立一家之言。虽大意是归宗于老子道德之旨，然通观全书，则驳杂殊甚。《道应》篇引老子语而以古事为例证，颇似《韩非子》的《解老》《喻老》二篇。《说林》《说山》《人闲》诸篇多纪古事，亦类乎韩非的《说林》和《内外储说》等篇。《时则》篇大概同于《吕览月令》和《礼记月令》。《地形》篇可说是《山海经》的缩本。《天文》《兵略》诸篇也可说是汉以前说天论兵的学说的会要。

　　至于书中议论自相矛盾之处，不止一二。《精神》篇反复申明体道而无欲之旨，谓饰性戾情者，终生为悲人，当顺性情之自然，一死生；这些议论，颇像庄子。本篇对于儒者是努力攻击的。然《本经》篇又言礼乐本出人情之自然，未可厚非，徒因衰世舍本逐末，故不可为。此则显然和《精神》篇的议论矛盾了。又《本经》篇开头从老子的"大道废而有仁义"说起，终则言礼乐本出人情之自然，未可厚非；《修务》篇始论无为有为之辨，全本老子之说，终则又论学问之必要，适与老子"绝学无忧"之说正相反对；此则一篇之中，前后的议论，也是显然矛盾的了。又如《览冥》篇斥申、商、韩非之法为不知为治之本，而《氾论》篇则畅论如何用刑赏以收治效；《主术》篇始言无为之说，忽进而又言韩非一流的刑名说，终乃进入儒家仁义之说；这也是一篇之中或数篇之间互有矛盾。

勉强可说在全书中没有什么冲突的，似乎是《诠言》篇中所反复申明的"柔弱者生之徒，坚强者死之徒"的意义，以及《齐俗》篇所申论的"圣人因时制宜，四夷中国不同俗，其合于道则一"的理论。但是这等议论并非是怎样重要的根本原理，故虽一贯，并不能减轻了本书的驳杂矛盾的程度。

至若撇开关于思想方面的，而从别的方面来批评，则此书多记"古今治乱，存亡祸福，世间诡异瑰奇之事"（高诱序），后世作家，尝多征引；其文词"奇丽宏放，瑰目璨心，谓挟风霜之气，良自不诬"（胡应麟语）。扬雄尝以淮南王与司马迁并称，可说是汉世的杰作。古来文人很多爱读此书，大概就取它的材料诡异和文词奇丽罢。

《〈淮南子（选注本）〉绪言》

《楚辞》

今世各民族，无论是已进于文明的，或尚在原始状态的，都有他自己的神话和传说。凡一民族的原始时代的生活状况、宇宙观、伦理思想、宗教思想，以及最早的历史，都混合地离奇地表现在这个民族的神话和传说里。原始人民并没有今日文明人的理解力和分析力，兼且没有够用的发表思想的工具，但是从他们的浓厚的好奇心出发而来的想象力却是很丰富的；他们以自己的生活状况、宇宙观、伦理思想、宗教思想，等等，作为骨架，而以丰富的想象为衣，就创造了他们的神话和传说。故就文学的立点而言，神话实在即是原始人民的文学。迨及渐进于文明，一民族的神话即成为一民族的文学的源泉：此在世界各文明民族，大抵皆然，并没有例外。

在我们中华古国，神话也曾为文学的源泉，从几个天才的手里发展成了新形式的纯文艺作品，而为后人所楷式；这便是数千年来艳称的《楚辞》了。

中国古代的纯文学作品，一是《诗经》，一是《楚辞》。论著作的年代，《诗经》在前，《楚辞》较后（虽然《楚辞》中如《九歌》之类，其创造时代当亦甚古）；论其性质，则《诗经》可说是中国北部的民间诗歌的总集，而《楚辞》则为中国南方文学的总集。我们应承认，当周秦之交，中国北部人民的思想习惯还是和南中国人民的思想与习惯，迥不相同。在学术方面，既已把北中国与南中国的不同面目充分地表现出来，在文学方面当亦若是。故以《诗经》代表中国古代的北方文学，以《楚辞》代表中国古代的南方文学，不是没有理由的。但因历来文人都中了"尊孔"的毒，以《诗经》乃孔子所删定，特别地看重它，认为文学的始祖，硬派一切时代较后的文学作品都是"出于诗"，所以把源流各别的《楚辞》也算是受了《诗经》的影响；刘彦和说："楚之骚文，矩式周人"（《文心雕龙·通变》）；顾炎武说："《三百篇》之不能不降而《楚辞》"（《日知录》）；都是代表此种《诗经》一尊的观念。把《楚辞》和《诗经》混牵在一处，仅以时代先后断定他们的"血统关系"，结果必致抹煞了《楚辞》的真面目。我们承认《楚辞》不是凭空生出来的，自有它的来源；但是其来源却非北方文学的《诗经》，而是中国的神话。我们认清了这一点，然后不至于将《九歌》解释为屈原思君之词与自况之作，然后不至于将《天问》解释为愤懑错乱之言了。

何以中国神话独成为中国南方文学的源泉呢？依我看来，可有两种解释：一是北中国并没产生伟大美丽的神话；二是北方人太过"崇实",对于神话不感浓厚的兴味,故一入历史时期,原始信仰失坠以后,神话亦即销歇,而性质迥异的南方人,则保存古来的神话,直至战国而成为文学的源泉。只看现在我们所有的包含神话材料最丰富的古籍,都是南方人的著作,便可恍然。

《楚辞》是一种新形式,是中国最早的文人文学,而以美丽缠绵梦幻为特点;《楚辞》出世之时,正为中国文化发展得最快最复杂的时代。因此,《楚辞》自然而然地要在中国文学史上划了一个新纪元。但除此而外,《楚辞》包含中国神话材料之多,也是使它对于后世发生重大影响之一原因。一民族的文学发展,大都经过两个阶段:最初是流传于口头的民间文学——神话传说以及中国的《诗经》,此时的作者都不是操觚之士;其次乃为著于竹帛的文士文学,此时的作者大都为文人,《楚辞》即为中国最早的文人文学。可是初期的文士文学,亦必须以民间文学的神话与传说为源泉,然后这些文士文学有民众的基础,为民众所了解。《楚辞》恰亦适合这个条件。中国文人不但从《楚辞》知道了许多现已衰歇的神话传说,并且从《楚辞》学会了应用民间神话传说的方法,从《楚辞》间接得了许多题材,然后中国的文士文学乃得渐渐建设起来。所以《楚辞》对于后世文学的影响,不但是它的新形式曾引起许多的摹仿者,并且供给了许多材料与方法。就此点而言,《楚辞》也可算是中国的《伊利亚特》和《奥德赛》了。

《〈楚辞〉与中国神话》

《楚辞》中的神话

　　《楚辞》是研究中国神话时最重要的书籍，其中屈原作之《离骚》与《天问》包含许多神话材料，恐怕《淮南子》《列子》等书内的神话材料有些是原自《楚辞》。关于日神月神的神话，在《离骚》与《天问》中均可看见。《离骚》尚不过是引用一些神话材料；《天问》则几乎全部是中国的神话与传说，可惜只是些"问语"，不是原原本本的叙述。《九歌》大概是古代南方民族祭神时的颂歌，也是可宝贵的神话材料，并且使我们知道中国神话里也有像希腊神话的 Nymph 一类的水泉女神。《招魂》一篇，大概是屈原取当时流行的巫词（人死招魂时用）而加以修改者；这里面述四方的险恶与上天下界的境况，都是难得的神话材料。中国民族在原始时代对于死后的见解，关于幽冥世界的神话，只有《招魂》里还保存了一二。

《中国神话的保存》

《山海经》中的神话

　　《山海经》这部书，旧题伯益撰，学者皆以为伪托；然而此书甚古，则可征信。按《吕氏春秋》云："禹东至榑木之地，日出九津，青羌之野，攒树之所，㭷天之山……黑齿之国……羽人裸民之处，不死之乡……其肱一臂三面之乡……"这分明是《山海经》的节要，似乎战国已有此书。《史记·大宛》传："太史公曰：至《禹本纪》《山海经》所有怪物，余不敢言之也。"《吴越春秋》云："禹巡行四渎，与益夔共谋，行到名山大泽，召其神而问之：山川脉理金玉所有，鸟兽昆虫之类，及八方之民俗，殊国异域土地里数。使益疏而记之，名曰《山海经》。"而王充《论衡·别通》篇亦云："禹主治水，益主记异物，海外山表，无远不至，以所闻见，作《山海经》。"据此则汉初传此书为伯益作。《论衡·别通》又云："董仲舒睹重常之鸟，刘子政晓贰负之尸，皆见《山海经》。"据此可见汉人殆视《山海经》为"枕中秘"了。

汉以后，怀疑《山海经》者渐多。陈振孙《书目》云："今本锡山尤袤延之校定……尤跋明其非禹伯翳所作，而以为先秦古书无疑。"王应麟《山海经考证》谓："要为有本于古，秦汉增益之书。"又《王会补传》引朱子之言：《山海经》纪诸异物，飞走之类，多云东向，或云东首，疑本依图画而述之。"提要引此而谓"得其实"，则认《山海经》为注图之文了。朱熹《楚辞辨证》云："古今说《天问》者，皆本此二书（《山海经》与《淮南子》）；今以文意考之，疑此二书本皆缘解《天问》而作。"明胡应麟《少室山房笔丛》云："战国好奇之士，本《穆天子传》之文与事，而侈大博极之，杂傅以《汲冢》《纪年》之异闻，《周书》《王会》之诡物，《离骚》《天问》之遐旨，《南华》《郑圃》之寓言，以成此书。"朱胡之疑，自然太落主观，但是他们俩都看出了《山海经》的材料与《离骚》《天问》《淮南》等原自相同。平情而论，旧说《山海经》为伯益之作，自不可信；而以为全抄《离骚》《天问》等等，亦太抹煞。至自为注图之文，尤为不妥。我们认为《山海经》是周人杂抄神话之作，然因要托名伯益所撰，必须摹仿《禹贡》的体裁，故碎割神话，而并无系统的记载了。这是《山海经》的一大缺点。

《中国神话的保存》

《红楼梦》

　　《红楼梦》以前，中国没有自叙传性质的小说，这话，前面已经说过了。《水浒》，自然也是一部伟大的杰作——在社会意义上，比《红楼梦》还要伟大些；但是《水浒》这书，是同一题材下的许多民间故事，经过了一二百年的长时间的发展，然后"形成"了的。《水浒》，严格说来，不是"个人的著作"。《红楼梦》是不同的。它是"个人著作"，是作者的生活经验，是一位作家有意地应用了写实主义的作品。所以从中国小说发达的过程上看来，《红楼梦》是一个新阶段的开始。可惜乾隆初年《红楼梦》"出世"以后，虽然那时的文人惊赏它的新奇，传抄不已，虽然有不少人续作，然而没有一个人依了《红楼梦》的"写实的精神"来描写当时的世态。所以《红楼梦》本身所开始的中国小说发达史上的新阶段，不幸也就"及身而终"了。

　　其次，《红楼梦》是写"男女私情"的。《红楼梦》以前，描写男女私情的小说已经很多了，可是大都把男人作为主体，女子作为附属；写女子的窈窕温柔无非衬托出男子的"艳福不浅"罢了。把女子作为独立的个人来描写，也是《红楼梦》创始的。贾宝玉和许多"才子佳人小说"里的主人公不同的地方，就在贾宝玉不是什么"风流教主""护花使者"，而是同受旧礼教压迫的可怜人儿。《红楼梦》中那些女子都是活生生的人，都是作者观察得的客观的人物，而不是其他"才子佳人"小说里那些作者想象中的"美人儿"。这一点，也是曹雪芹所开始的"新阶段"，但后来人并没能够继续发展。

又次，《红楼梦》的"技巧"也是后来人不曾好好儿发扬光大的。《红楼梦》写"人物"的个性，力避介绍式的叙述而从琐细的动作中表现出来。林黛玉在书中出场以后，作者并没有写一段"介绍词"来"说明"林黛玉的品貌性格；他只是从各种琐细的动作中表现出一个活的林黛玉来。读者对于黛玉的品貌性格是跟着书中故事的发展一点一点凝集起来直到一个完全的黛玉生根在脑子里，就像向来认识似的。《红楼梦》中几个重要人物都是用的这个写法。《水浒》的人物描写也是好极的，也是用了这个写法的；但是《水浒》中人物的个性在接连几"回"的描写中就已经发展完毕，以后这人物再出现时就是"固定"的了，不能再有增添；例如武松，如鲁达，在专写他们那几回书中，他们是活的，但在武松、鲁达合传的那一回书里，这两个人就都没有什么精采。所以《水浒》写一百〇八人的个性（其实不过写了三十几个）是写完了一个再写一个，故到后来这些已经写过的人物再出现时，就呆板板地没有精采。《红楼梦》则不然。《红楼梦》里许多人物都是跟着故事的发展而发展的，尽管前面写王熙凤已经很多，你自以为已经认识这位凤辣子了，然而后来故事中牵着凤姐儿的地方，你还是爱读，还是觉得这凤姐始终是活的。

《红楼梦》是没有扭捏做作的。全书只写些饮食男女之事，并没有惊人的大事，但同类性质的书往往扭捏做作出许多"惊人之笔"，希望刺激读者的感情，结果反令人肉麻。《红楼梦》并不卖弄这样的小巧。它每回书的结尾处只是平淡地收住，并没留下一个"闷葫芦"引诱读者去看它的下一回书。但是读者却总要往下看，不能中止。《红楼梦》每一回书中间也没有整齐的"结构"。它只是一段一段的饮食男女细事，但是愈琐细愈零碎，我们所得的印象却愈深，就好像置身在琐细杂乱的贾府的生活中。"整齐的结构"自然是好的，不过硬做出来的"整齐的结构"每每使人读后感到不自然，觉得是在"看小说"，觉得"不真"。

《〈红楼梦〉（洁本）导言》

《红楼梦》的成就

《红楼梦》继承而且大大发展了中国古典文学，特别是长篇小说的优秀传统。兹试就全书结构、人物描写、文学语言三端，略述其艺术的高度成就。

《三国志演义》和《水浒》的结构，就局部而论，都相当严密，然而就整体而论，却就不是严格的有机的结构，而是若干可以各自独立的故事用松弛的纽带联系起来。《金瓶梅》的结构就前进了一步，但首尾照应、疏密相间的技巧，犹未臻完善。《红楼梦》结构上的完整与严密，不但超过了《水浒》，也超过了《金瓶梅》。

《红楼梦》开头几回就把全书的结局和主要人物的归宿，用象征的笔法暗示出来。但是此后故事的发展，却又往往出人意外。以贾府的盛极而衰为中心，以宝、黛的婚姻问题为关键，细针密缕地组织进许多大大小小的故事，全面反映了那个时代的封建与反封建的斗争，统治集团的腐化、无能及其内部矛盾。这样的包举万象的布局，旁敲侧击、前呼后应的技巧，使全书成为巍然一整体，动一肢则伤全身。这是空前的高度成就！

《红楼梦》中有名有姓的人物，计凡四百余人。其中较为活跃者，不下百人。除主人公宝、黛及其陪衬人物活动较多而外，有些次要人物的活动仅昙花一现，然而只此寥寥数笔，却已把此人的面目性格勾勒得十分鲜明。从人物的行动中表现人物的性格，本来是中国古典文学优秀的传统，《红楼梦》则把它发展到更高峰。例如黛玉与晴雯、宝钗与袭人，向来被视为两组性格类似的人，然而此四人各有个性，充分表现了他们由于出身、教养、环境之不同，故而其性格同中有异、异中有同。此四人各有各的声音笑貌，绝不相混。其他人物之各有个性，亦复如此。

曹雪芹对其笔下的人物，爱憎分明，然而他笔下的许多人物（特别是重要的女性人物），却不是各有一个脸谱成了定型的。以宝钗、袭人为例，她们都是腐朽的封建宗法社会的宠儿，曹雪芹鞭笞她们的灵魂，真是一鞭一血痕；然而，作为夫权社会中的女性，她们又是自己所依附的吃人礼教的牺牲品。她们的性格是很复杂的。

曹雪芹塑造人物，真是细描粗勒，一笔不苟。书中多少次的结社吟诗、制灯谜，多少次的饮酒行令，所有的诗、词、灯谜、酒令，不但都符合各人的身份、教养和性格，并且还暗示了各人将来的归宿。简洁而生动的环境描写也都紧扣着人物的性格；例如潇湘馆的幽静，秦可卿卧室的洋溢着旖旎风光的陈设。

《红楼梦》的文学语言除人物对话为口语（在一定场合、一定人物的对话中，也有半文半白的），一般叙述故事、描写环境的文字大都用接近口语的通俗文言，有时夹着骈俪的句子。这也是宋、明以来民间文艺的传统，但《红楼梦》的特点是叙述文字既简洁而又典雅，干脆而又含蓄，人物对白则或口角噙香，或气挟风霜，因人而异，因时而异，几乎隔房可辨其为何人口吻。

由此可见：作者既提炼了口语，并且又熔铸了文言，化腐朽为神奇。从《红楼梦》的文学语言中，我们可以找到如何吸收古典文学的精华成为自己血肉的无数宝贵的经验。

如上所述，《红楼梦》之所以在当时震动文坛，对后来的文学发展又有那样深远的影响，都不是偶然的。

《关于曹雪芹》

贾宝玉的形象

　　从锦衣玉食忽然下降到"瓦灶绳床"的生活，给曹雪芹思想的影响一定很大。《红楼梦》所表现的以贾宝玉、林黛玉为代表的反封建思想，大概是在曹雪芹经历了生活的剧变之后形成的。但是，生活的剧变固然给曹雪芹的思想带来了积极的因素，同时，时代的局限性和阶级的局限性仍然在曹雪芹思想中留下消极的因素。这一点，异常鲜明地在贾宝玉的追求真理和要求个性解放的过程中看得出来。曹雪芹在《红楼梦》中创造了不少的男女典型人物，这些人物都是当时现实生活中实际上存在的。但是贾宝玉这个人物却是既有现实基础而又理想化的。

　　曹雪芹塑造贾宝玉的形象，显然用了浪漫蒂克的手法。首先，这个人物的出世就有神话色彩。其次，在十来岁的时候，他的举动言谈，就常常惊世骇俗。他反对男尊女卑，说"女儿是水做的，男人是泥做的"；水做，言其纯洁，泥做，言其龌龊。他反对当时朝廷笼络读书人的制艺取士的政策，把那些想从"正途"出身的士子以及一切官吏都称为"禄蠹"。他甚至怀疑数千年封建社会视为唯一真理所在的圣经贤传。这样的惊世骇俗的议论，出之于十来岁童子之口，显然是理想化了的。同时这也是《红楼梦》思想性积极的一面。

表现在贾宝玉身上的思想积极因素，一方面是继承了李卓吾、王船山的反封建的思想传统，另一方面也是中国十八世纪上半期新兴市民阶层意识形态的反映。

十八世纪上半期的中国，城市手工业和商业虽有发展，而封建经济仍然占支配地位，封建政权仍然很强大，而且利用政权工具，通过垄断性的官办手工业大工场，对城市手工业和商业进行多种多样的压迫和限制。在这样的情形下，商业资本家找得了一条风险较小的出路，即以高利贷形式剥削农民乃至中、小地主，进一步兼并土地，取得又是商人又是地主的两重身份。同时，大地主和官僚也放高利贷，也经商（且不说当时还有"皇商"呢），对小商人、个体手工业者和小作坊所有主进行剥削。这样，当时市民阶层的上层分子和封建地主、官僚集团，既有矛盾，又有勾结；而市民阶层的广大底层（小商人、个体手工业者和小作坊所有主）则经济力量薄弱，且处于可上可下的地位，对封建主义又想反抗又不敢、不能反抗到底。这就决定了当时市民阶层思想意识中的积极因素（要求废除封建特权，要求个性解放等等），从来不是以鲜明的战斗姿态出现，这也决定了他们反封建之不会彻底（正如李卓吾、王船山之反封建思想不能完全彻底，而带着时

代的和阶级的烙印)。这也就决定了十八世纪中国市民阶层之历史命运——不能发展为资产阶级。

　　《红楼梦》中贾宝玉的一生，象征了当时新兴市民阶层的软弱性和它的历史命运。试看曹雪芹怎样描写贾宝玉追求真理的苦闷过程：皇皇然参禅悟道以求"解脱"，既无力创造环境，又无力对环境反抗到底，终于以空门为逋逃薮。这是《红楼梦》思想性消极的一面。不过，在那个时代，做和尚仍然是另一方式的反抗，所以消极之中也还有积极的意义。求精神寄托于禅门，是当时不满于现实而又找不到出路的一般士大夫乃至贵公子们的方便之门。曹雪芹的几个同时代人，具体而微地提供了这样的生活方式，例如敦敏、敦诚兄弟和永忠；但是曹雪芹的生活变化比他们更剧烈，因而曹雪芹的叛逆性就更强烈。

《关于曹雪芹》

《水浒》的时代背景

首先，产生《水浒》的时代背景。

说来话长：在公元九〇七年起，中国经过了五十多年的兵荒马乱，出现了五个朝代，却没有一个能够完成"统一大业"，这便是后来所谓"乱五代"。九六〇年，五代最后的一代——后周的皇位，被它的一个节度使赵匡胤所取，又扫平了当时尚在割据称雄的七个小国，于是天下复归统一，是为宋代。宋的都城是汴京（河南开封），和唐的都城长安（陕西西安）相较，不但偏东南了千把里，而且是在黄河以南；因为赵匡胤虽然能够消灭了同族的异己，而建立了一统的皇朝，却奈何不得当时兴起于北方及西北的异民族——辽、西夏，所以把都城放在汴京，就为的避免异民族的威胁，然而到了公元一一二七年，汴京终于为辽的后继者——金所攻破，赵宋的子孙只好南渡，连长江边上的金陵都不敢住，一直迁至钱塘江边的临安（浙江杭州），是为南宋。

　　南渡以前，约有一百五十年的岁月，对外的屈伏无能尚能掩饰的时候，宋代的封建阶级和市民阶级算是享了太平的清福。原来唐是封建地主和大商贾"共存共荣"，携手向农民剥削的朝代，封建地主们的"庄园"占有了天下最多最好的土地，逼迫农民们成为农奴；而大商贾呢，或变为地主，或凭其资财，垄断操纵农产物的价格。到了宋代，这种现象继续存在，而由商业手工业兴盛所产生的大都市，比唐代为多；这些都市的市民阶级既在经济上占有一部分的势力，不免要有些"娱乐"，封建阶级那一套玩意，不合他们的脾胃，他们就自己弄出些新花样来。据说：当汴京盛时，市民阶级的"文化娱乐"，被称为"伎艺"之一的"说话"，分为四科：一、小说，二、谈经（演说佛书），三、讲史书，四、合生（讲说一事而带歌咏舞蹈）。这四门，都是在市井之间，口头讲说的，故名曰"说话"，而操此种伎艺的专家，则称之曰"说话人"。四科之中，"小说"为最难，此又分为三目：一、银字儿（烟花粉黛，神仙鬼怪，离合悲欢），二、说公案（搏刀赶棒，发迹变泰），三、说铁骑儿（士马金鼓）。据此看来，宋代"说话"之一的"小说"，在南渡以前，就已经很发达了；"小说"的题材既那么广阔，可知凡当时发生的一些耸动耳目的事情，或和一般人民利害关切的事情，就都有被编为小说而讲说之的可能了。"说话"的对象（听众）既为市民阶级，而操此业者又为市民阶级中之专家，那末，"小说"之代表了市民阶级对于事物的意见，也是理所必然的。"说话人"在讲话时，有一个"大纲"，或"底本"，这只是他一个人用的，或以传授徒弟用，并不印出

《感怀》手迹

来给人家看：这"大纲"或"底本"，称为"话本"。同一人物，同一事情，可以有几种不同的"话本"。因为"说话人"不是照着"话本"朗诵，而是依了"话本"来发挥的，故繁简轻重之间，势不能尽同。久而久之，围绕于一个中心故事，可以产生了一群的"话本"，成为某某故事的集团。又"小说"取材，既多为近时之事（因为一涉于古，便须归入"讲史书"一科），所以近事之最为一般人关心者，便最容易成功一个大集团。南渡以后，"小说"之最大集团，便是梁山泊的故事。这些故事，在宋末已有人传写，至元代初年，便有人编合为首尾完全之大套（《大宋宣和遗事》），唯仅有故事之梗概，不成其为文学作品。南宋亡后，"说话"亦就消歇，然而梁山泊故事仍在民间流行，元代杂剧多取梁山泊故事为题材，即其例证。因其流行最久最广，所以人物亦渐渐增多了（《宣和遗事》所记，只有三十六人），情节亦渐渐复杂了；到了明代中叶，就有编辑整理好的大部出现，且题名曰《水浒传》。梁山泊故事到这时候，就由"口头文学"成为"传写的文学"。

最初的传写本，究竟出于何人之手，即如明代人亦弄不清楚。大概先出者为简本，后出者为繁本；简本也许就是罗贯中的手笔，而繁本则是施耐庵所写定。两者都说宋江等后受招安，破辽，又平了田虎、王庆、方腊（皆宋代的农民暴动的首领），终于宋江又受诬而服毒自尽。此与《宣和遗事》所称宋江受招安破方腊有功封节度使，大体尚同，可知"招安"一说，南宋时即已有之。但在明末，金圣叹自云得古本，则删去梁山泊大聚义以后各章，而以卢俊义之噩梦作结；这就是现在通行的七十回本《水浒》。

《谈〈水浒〉》

《水浒》的人物描写

　　《水浒》的人物描写，向来就受到最高的评价。所谓一百单八人个个面目不同，固然不免言之过甚，但全书重要人物中至少有一打以上各有各的面目，却是事实。记得有一本笔记，杜撰了一则施耐庵如何写《水浒》的故事，大意是这样的：施耐庵先请高手画师把宋江等三十六人画了图像，挂在一间房内，朝夕揣摩，久而久之，此三十六人的声音笑貌在施耐庵的想象中都成熟了，然后下笔，故能栩栩如生。这一则杜撰的施耐庵的创作方法，有它的显然附会的地方，如说图像是宋江等三十六人，就是从《宣和遗事》的记述联想起来的，但是它所强调的朝夕揣摩，却有部分的真理，虽然它这说法基本上是不科学的。因为，如果写定《水浒》的，果真是施耐庵其人，那么，他在下笔之前，相对朝夕揣摩的，便该是民间流传已久的歌颂梁山泊好汉的口头文学，而不是施耐庵自己请什么高手画师所作的

1935 年，茅盾在上海寓所前的花圃

三十六人的图像。

　　个个面目不同，这是一句笼统的评语；仅仅这一句话，还不足以说明《水浒》的人物描写的特点。试举林冲、杨志、鲁达这三个人物为例。这三个人在落草以前，都是军官，都有一身好武艺，这是他们相同之处；他们三个本来都是做梦也不会想到有朝一日要落草的，然而终于落草了，可是各人落草的原因又颇不相同。为了高衙内想把林冲的老婆弄到手，于是林冲吃了冤枉官司，刺配沧州，面对这样的压迫陷害，林冲只是逆来顺受，所以在野猪林内，鲁达要杀那两个该死的解差，反被林冲劝止；到了沧州以后，林冲是安心做囚犯的了，直到高衙内又派人来害他性命，他这才杀人报仇，走上了落草的路。杨志呢，为了失陷花石纲而丢官，复职不成，落魄卖刀，无意中杀了个泼皮，因此充军，不料因祸得福，又在梁中书门下做了军官，终于又因失陷了生辰纲，只得亡命江湖，落草了事。只有鲁达，他的遭遇却是"主动"的。最初为了仗义救人，军官做不成了，做了和尚；后来又为了仗义救人，连和尚也做不成了，只好落草。《水浒》从这三个人的不同的遭遇中刻画了三个人的性格。不但如此，《水浒》又从这三个人的不同的思想意识上表示出三个人之不同遭遇的必然性。杨志一心想做官，"博个封妻荫子"，结果是赔尽小心，依然落得一场空。林冲安分守己，逆来顺受，结果被逼得无处容身。只有鲁达，一无顾虑，敢作敢为，也就不曾吃过亏。对于杨志，我们虽可怜其遭遇，却鄙薄其为人；对于林冲，我们既寄以满腔的同情，却又深惜其认识不够；对于鲁达，我们却除了赞叹，别无可言。《水浒》就是这样通过了绚烂的形象使我们对于这三个人发生了不同的感情。不但如此，《水浒》又从这三个人的思想意识上说明了这三个人出身于不同的阶层。杨志是"三代将门之后，五侯杨令公之孙"，所以一心不忘做官，"封妻荫子"，只要有官做，梁中书也是他的好上司。林冲出自枪棒教师的家庭，是属于小资产阶级的技术人员，他有正义感，但苟安于现状，非被逼到走投无路，下不来决心。至于鲁达，无亲无故，一条光棍，也没有产业，光景是贫农或手艺匠出身而由行伍提升的军官。《水浒》并没叙述这三人的出身（只在杨志口中自己表白是将门之后），但是在描写这三个人的性格时，处处都扣紧了他们的阶级成分。

因此，我们可以说，善于从阶级意识去描写人物的立身行事，是《水浒》的人物描写的最大一个特点。

其次，《水浒》人物描写的又一特点便是关于人物的一切都由人物本身的行动去说明，作者绝不下一按语。仍以林冲等三人为例，这三个人物出场的当儿，都是在别人事件的中间骤然出现的；鲁达的出场在史进寻找王教头的事件中，林冲的出场在鲁达演习武艺的时候，而杨志的出场则在林冲觅取投名状的当儿。这三个人物出场之时，除了简短的容貌描写而外，别无一言介绍他们的身世，自然更无一言叙述他们的品性了；所有他们的身世和品性都是在他们的后来行动中逐渐点明，直到他们的主要故事完了的时候，这才使我们全部认清了他们的身世和性格。这就好比一人远远而来，最初我们只看到他穿的是长衣或短褂，然后又看清了他是肥是瘦，然后又看清了他是方脸或圆脸，最后，这才看清了他的眉目乃至声音笑貌：这时候，我们算把他全部看清了。《水浒》写人物，用的就是这样的由远渐近的方法，故能引人入胜，非常生动。

《谈〈水浒〉的人物和结构》

《水浒》的小说结构

从全书看来,《水浒》的结构不是有机的结构。我们可以把若干主要人物的故事分别编为各自独立的短篇或中篇而无割裂之感。但是,从一个人物的故事看来,《水浒》的结构是严密的,甚至也是有机的。在这一点上,足可证明《水浒》当其尚为口头文学的时候是同一母题而各自独立的许多故事。

这些各自独立、自成整体的故事,在结构上有一些共同的特点;大概而言,第一,故事的发展,前后勾联,一步紧一步,但又疏密相间,摇曳多姿。第二,善于运用变化错综的手法,避免平铺直叙。试以林冲的故事为例。林冲故事,从岳庙烧香到水泊落草,一共有五回书,故事一开始就提出那个决定了林冲命运的问题,从此步步向顶点发展,但这根发展的线不是垂直的一味紧下去的,而是曲折的,一松一紧的;判决充军沧州,是整个故事中间的一个大段落,可不是顶点,顶点是上梁山,林冲故事也就于此结束。在这五回书中，行文方面，竭尽腾挪跌宕的能事，使读者忽而愤怒，忽而破涕为笑，刚刚代林冲高兴过，又马上为他担忧。甚至故事中的小插曲（如林冲路遇柴进及与洪教头比武）也不是平铺直叙的。这一段文字，先写林冲到柴进庄上，柴进不在，林冲失望而去，却于路上又碰到了柴进（柴进出场这一段文字写得有声有色），后来与洪教头比武。林冲比武这小段的插写，首尾不过千余字，可是，写得多么错综而富于变化。说要比武了，却又不比，先吃酒，当真开始比武了，却又半真（洪教头方面）半假（林冲方面），于是柴进使银子叫解差开枷，又用大锭银作注，最后是真比，只百余字就结束了；但这百余字真是简洁遒劲，十分形象地写出了林冲武艺的高强。这一小段千余字，还把柴进和洪教头两人的面目也刻画出来了，笔墨之经济，达到了极点。再看杨志的故事。杨志的故事一共只有三回书，一万五六千字，首尾三大段落：卖刀，得官，失陷生辰纲。在结构上，杨志的故事和林冲的故事是不同的。林冲故事先提出全篇主眼，然后一步紧一步向顶点发展，杨志故事却是把失意、得志、幻灭这三部曲概括了杨志的求官之梦，从结构上看，高潮在中段。在权贵高俅那里，杨志触了霉头，但在另一权贵梁中书那里，杨志却一开始就受到提拔，似乎可以一帆风顺了，但在权贵门下做奴才也并不容易。奴才中间有派别，经常互相倾轧。梁中书用人不专，注定了杨志的幻灭。同时也就注定了黄泥岗上杨志一定要失败。故事发展的逻辑是这样的，但小说结构发展的逻辑却从一连串的一正一反螺旋式的到达顶点。杨志一行人还没出发，吴用他们已经布好了圈套，这在书中是明写的；与之对照的，便是杨志的精明的对策。读者此时急要知道的，是吴用等对于此十万贯金珠究竟是"软取"呢或是"硬取"？如果"软取"，又怎样瞒过杨志那精明的眼光？这谜底，直到故事终了时揭晓，结构上的纵横开合，便是这样造成的。

《谈〈水浒〉的人物和结构》

读《呐喊》

一九一八年四月的《新青年》上登载了一篇小说模样的文章，它的题目、体裁、风格，乃至里面的思想，都是极新奇可怪的：这便是鲁迅君的第一篇创作《狂人日记》，现在编在这《呐喊》里的。那时《新青年》方在提倡"文学革命"，方在无情地猛攻中国的传统思想，在一般社会看来，那一百多面的一本《新青年》几乎是无句不狂、有字皆怪的，所以可怪的《狂人日记》夹在里面，便也不见得怎样怪，而未曾能邀国粹家之一斥。前无古人的文艺作品《狂人日记》于是遂悄悄地闪了过去，不曾在"文坛"上掀起了显著的风波。

但鲁迅君的名字以后再在《新青年》上出现时，便每每令人回忆到《狂人日记》了；至少，总会想起"这就是《狂人日记》的作者"罢。别人我不知道，我自己确在这样的心理下，读了鲁迅君的许多随感录和以后的创作。

那时我对于这古怪的《狂人日记》起了怎样的感想呢，现在已经不大记得了；大概当时亦未必发生了如何明确的印象，只觉得受着一种痛快的刺戟，犹如久处黑暗的人们骤然看见了绚丽的阳光。这奇文中冷隽的句子、挺峭的文调，对照着那含蓄半吐的意义，和淡淡的象征主义的色彩，便构成了异样的风格，使人一见就感着不可言喻的悲哀的愉快。这种快感正像爱于吃辣的人所感到的"愈辣愈爽快"的感觉。

在中国新文坛上，鲁迅君常常是创造"新形式"的先锋；《呐喊》里的十多篇小说几乎一篇有一篇新形式，而这些新形式又莫不给青年作者以极大的影响，必然有多数人跟上去试验。丹麦的大批评家勃兰兑斯曾说："有天才的人，应该也有勇气。他必须敢于自信他的灵感，他必须自信，凡在他脑膜上闪过的幻想都是健全的，而那些自然来到的形式，即使是新形式，都有要求被承认的权利。"这位大批评家这几句话，我们在《呐喊》中得了具体的证明。除了欣赏惊叹而外，我们对于鲁迅的作品，还有什么可说呢？

《读〈呐喊〉》

《呐喊》和《彷徨》

　　《呐喊》所收十五篇，《彷徨》所收十一篇，除几篇例外的，如《不周山》《兔和猫》《幸福的家庭》《伤逝》等，大都是描写"老中国的儿女"的思想和生活。我说是"老中国"，并不含有"已经过去"的意思，照理这是应该被剩留在后面而成为"过去的"了，可是"理"在中国很难讲，所以《呐喊》和《彷徨》中的"老中国的儿女"，我们在今日依然随时随处可以遇见，并且以后一定还会常常遇见。我们读了这许多小说，接触了那些思想生活和我们完全不同的人物，而有极亲切的同情；我们跟着单四嫂子悲哀，我们爱那个懒散苟活的孔乙己，我们忘记不了那负着生活的重担而麻木着的闰土，我们的心为祥林嫂而沉重，我们以紧张的心情追随着爱姑的冒险，我们鄙夷然而又怜悯又爱那阿Q……总之，这一切人物的思想生活所激起于我们的情绪上的反应，是憎是爱是怜，都混为一片，分不明白。我们只觉得这是中国的，这正是中国现在百分之九十九的人们的思想和生活，这正是围绕在我们的"小世界"外的大中国的人生！而我们之所以深切地感到一种寂寞的悲哀，其原因亦即在此。这些"老中国的儿女"的灵魂上，负着几千年的传统的重担子，他们的面目是可憎的，他们的生活是可以咒诅的，然而你不能不承认他们的存在，并且不能不懔懔地反省自己的灵魂究竟已否完全脱卸了几千年传统的重担。我以为《呐喊》和《彷徨》所以值得并且逼迫我们一遍一遍地翻读而不厌倦，根本原因便在这一点。

《鲁迅论》

论鲁迅的小说

从《狂人日记》到《离婚》（从一九一八年到一九二五年），不但表示了鲁迅思想发展的道路，也表示了他的艺术成熟的阶段。《祝福》《伤逝》《离婚》等篇，所达到的艺术的高峰，我以为是超过了《阿Q正传》的。

如果把《药》和《离婚》比较研究，无论是就形象的生动而多彩，人物的典型性结构的有机性，乃至对话的如同其声，我觉得《离婚》更胜于《药》。鲁迅自说："但既然是呐喊，则当然须听将令的了，所以我往往不恤用了曲笔，在《药》的瑜儿的坟上凭空添上一个花环。"然而并不用了这样"曲笔"的《离婚》，对于读者的启发和鼓舞却更为深远。

在《呐喊》集中，幽默情调较居主要的作品似乎更胜于沉痛的作品，《孔乙己》给读者的印象更深于《明天》。至于《阿Q正传》，它的逼人的光辉宁在于思想的深度，固当别论。在《彷徨》集中，我却以为沉痛的作品在艺术上比《呐喊》集中的同类作品达到了更高的阶段，《祝福》和《伤逝》所引起的情绪远比《药》和《明天》为痛切。这样的比较是我的观感，也许不一定对。可是若就艺术的成熟一般而论，鲁迅的小说后期者尤胜于前期者，这说法大体上我相信是不错的。

一九二七年以后，鲁迅不写小说了——除了几篇《故事新编》。那时他用以进行思想斗争的武器是杂感，这是大家都知道的。为什么他不再写小说？他曾经说笑话道："老调子已经唱完。"当然他的忙于写杂感是一个主要原因。在当时思想斗争的需要上，杂感是比小说更有力。但也不能不承认这事实：鲁迅在那时没有接触新鲜生活的自由。至于旧材料，为《呐喊》和《彷徨》所有者，即他觉得已经写够了。他曾经有意以辛亥革命为背景写一长篇，可是紧张的思想斗争要求他用最大部分时间去写杂感，他这计划终于没有实现。在反映中国的历史阶段这一点而言，这损失暂时是无从补救了。

《论鲁迅的小说》

论王鲁彦

王鲁彦不是一位多产的作家，现在只有他的十几篇小说。而在这十多篇中，我认为成功的，亦不过上述的两三篇。然而我对于他有奢望，我以为作者如果完全抛弃了时时有的教训主义的色彩，用他的锐敏的感觉去描写乡村小资产阶级，把他的canvas扩展开来，那么，一定还有更好的成绩。

或者有人要不满意于作者之缺乏积极的精神和中心思想。这个缺陷，自然是显然的，但是我以为正亦不足为病。文艺本来是多方面的，只要作者是忠实于他的工作，努力要创造些新的，能够放大了他的敏密的感觉，那么即使像如史伯伯那样平凡的悲哀，也是我们所愿意听而且同情的。

《王鲁彦论》

志摩的诗情

诗，和其他文艺作品一样，是生活的产物；所以"生活的平凡"会影响到诗情而终至于"向瘦小里耗"，这话原也相对的正确。但是"生活"这一词的意义，决不是仅指作家个人的私生活，也包括了社会生活在内。诗这东西，也不仅是作家个人情感的抒写，而是社会生活通过了作家的感情意识之综合的表现。所以一位诗人假使不是独居荒岛而尚与复杂万变的社会生活相接触，那么，虽然他个人生活中没有大波浪，他理应有题材而不会感到诗情的枯窘。志摩近年来并没躲在荒岛上过隐士的生活，而他所在的社会却又掀起了惊天动地的大风浪，生活实在供给了志摩很多的诗料。然而志摩却以诗情枯窘自悲了！难道是志摩"才尽"，所以不能从生活中摄取诗材了吗？当然不是的。我以为志摩诗情的枯窘和生活有关系，但决不是因为生活平凡而是因为他对于眼前的大变动不能了解且不愿意去了解！

他只认到自己从前想望中的"婴儿"永远不会出世的了，可是他却不能且不愿承认另一个"婴儿"已经呱呱堕地了。于是他怀疑颓废了！他自己说"一个曾经有单纯信仰的，流入怀疑的颓废"，就是最好的自白。因为他对于社会的大变动抱着不可解的怀疑，而又因为他是时时刻刻不肯让绝望的重量压住他的呼吸，他要和悲观和怀疑挣扎（看他的《自剖》集页五一，及《猛虎集》自序最后一段），而且他又再不肯像最早写诗那时候把半成熟未成熟的意念都"付托腕底胡乱给爬梳了去"，于是他就只有"沉默"的一道了！这是一位作家和社会生活不调和的时候常有的现象。

可是志摩的"单纯信仰"又是怎样的呢？关于这一点，有过胡适之的解释了。胡适之先生在《追忆志摩》中说："他的人生观真是一种单纯的信仰，这里面只有三个大字：一个是爱，一个是自由，一个是美。他梦想这三个理想的条件能够会合在一个人生里，这是他的单纯信仰。他的一生的历史，只是他追求这个单纯信仰的实现的历史。……他的失败是因为他的信仰太单纯了，而这个现实世界太复杂了，他的单纯的信仰禁不起这个现实世界的摧毁；正如易卜生的诗剧 Brand（《布朗德》）里的那个理想主义者，抱着他的理想，在人间处处碰钉子，碰得焦头烂额，失败而死。"（《新月》四卷一期《志摩纪念号》）胡先生这解释我不能同意。我以为志摩的单纯信仰是他在作品里（诗集《志摩的诗》和散文《落叶》《自剖》等）屡次说过的一句抽象的话："苦痛的现在只是准备着一个更光荣的将来。"这就是他"曾经有过的"单纯信仰！他的第一期作品就以这单纯信仰作酵母。我以为志摩的许多披着恋爱外衣的诗不能够把它当作单纯的情诗看的；透过那恋爱的外衣，有他的那个对于人生的单纯信仰。一旦人生的转变出乎他意料之外，而且超过了他期待的耐心，于是他的曾经有过的单纯信仰发生动摇，于是他流入于怀疑的颓废了！他并不像 Brand 那样至死不怀疑于自己的理想。（一九二八年元旦的《申报》纪念文中有他的一篇文章，怀疑的色彩很浓；"把理想砍成小块，放在希望的火上慢慢地煨"——有那样意思的话）

《徐志摩论》

庐隐的作品

　　庐隐作品的风格是流利自然。她只是老老实实写下来，从不在形式上炫奇斗巧。她的前期的作品（包括短篇集《海滨故人》及《曼丽》），结构比较散漫：《海滨故人》那样长的短篇作品，故事的结构颇觉杂乱，人物很多，忽而讲到这个，忽然又讲到那个，"控制"不得其法。她的后期的作品如《归雁》和《女人的心》就进步得多了。并且前期作品内那些过多的"词藻"也没有了。

　　庐隐未尝以小品文出名。可是在我看来，她的几篇小品文如《月下的回忆》一和《雷峰塔下》似乎比她的小说更好。那篇"散记"式的《玫瑰的刺》也是清丽可爱的。今年的文坛大有小品文"值年"的神气，然而庐隐却在此时死了，这不能不说是一个损失。

　　在小品文中，庐隐很天真地把她的"心"给我们看。比我们在她的小说中看她更觉明白。她不掩饰自己的矛盾（她这种又天真又严肃的态度在她的小说中也是一贯，这是她叫人敬重的一点）。现在我们引她那篇《醉后》里的几句话收束这篇短论罢：

> 我是世界上最怯弱的一个，我虽然硬着头皮说"我的泪泉干了，再不愿向人间流一滴半滴眼泪"，因此我曾博得"英雄"的称许，在那强振作的当儿，何尝不是气概轩昂……
>
> 我静静在那里忏悔。我的怯弱，为什么总打不破小我的关头。我记得，我曾想象我是"英雄"的气概，手里拿着明晃着的雌雄剑，独自站在喜马拉雅的高峰上，傲然地下视人寰。仿佛说：我是为一切的不平，而牺牲我自己的，我是为一切的罪恶，而挥舞我的双剑的呵！"英雄"，伟大的英雄，这是多么可崇拜的，又是多么可欣慰的呢！
>
> 但是怯弱的人们，是经不起撩拨的……

《庐隐论》

丁玲《莎菲女士的日记》

　　一九二七年，丁玲发表了她的第一篇小说[①]，那时她始用"丁玲"这笔名。这个名字，在文坛上是生疏的，可是这位作者的才能立刻被人认识了。接着她的第二篇短篇小说《莎菲女士的日记》也在《小说月报》上发表了，人们于是更深切地认识到一位新起的女作家，在谢冰心女士沉默了的那时，以一种新的姿态出现于文坛。在《莎菲女士的日记》中所显示的作家丁玲女士是满带着"五四"以来时代的烙印的：如果谢冰心女士作品的中心是对于母爱和自然的颂赞，那么，初期的丁玲的作品全然与这"幽雅"的情绪没有关涉，她的莎菲女士是心灵上负着时代苦闷的创伤的青年女性的叛逆的绝叫者。莎菲女士是一位个人主义，旧礼教的叛逆者。她要

[①] 第一篇小说：指短篇《梦珂》，发表于一九二七年十二月十日《小说月报》第十八卷第十二号。

求一些热烈的痛快的生活，她热爱着而又蔑视她的怯弱的矛盾的
灰色的求爱者，然而在游戏式的恋爱过程中，她终于从觊觎拘束
的心理摆脱，从被动的地位到主动的，在一度吻了那青年学生的
富于诱惑性的红唇以后，她就一脚踢开了这位不值得恋爱的卑琐
的青年。这是大胆的描写，至少在中国那时的女性作家是大胆的。
莎菲女士是"五四"以后解放的青年女子在性爱上的矛盾心理的
代表者！

《女作家丁玲》

《倪焕之》

叶绍钧以前有过《隔膜》《火灾》《线下》《城中》《未厌集》等五个短篇集；《倪焕之》是他的第一个长篇，也是第一次描写了广阔的世间。把一篇小说的时代安放在近十年的历史过程中的，不能不说这是第一部；而有意地要表示一个人——一个富有革命性的小资产阶级知识分子，怎样地受十年来时代的壮潮所激荡，怎样地从乡村到都市，从埋头教育到群众运动，从自由主义到集团主义，这《倪焕之》也不能不说是第一部。在这两点上，《倪焕之》是值得赞美的。上文我所说"五四"时代虽则已经草草地过去，而叙述这个时代对于人心的影响的回忆气氛的小说却也是需要，这一说，从《倪焕之》便有个实例了。上文我又说起"五四"以后的文坛上充满了信手拈来的"即兴小说"，许多作者视小说为天才的火花的爆发时的一闪，只可于刹那间偶然得之，而无须乎修炼——锐利的观察，冷静的分析，缜密的构思。他们只在抓掇片段的印象，只在空荡荡的脑子里搜求所谓"灵感"；很少人是有意地要表现一种时代现象、社会生活。这种风气，似乎到现在还没改变过来。所以我更觉得像《倪焕之》那样"有意为之"的小说在今日又是很值得赞美的。

《读〈倪焕之〉》

《倪焕之》的时代性

一篇小说之有无时代性，并不能仅仅以是否描写到时代空气为满足；连时代空气都表现不出的作品，即使写得很美丽，只不过成为资产阶级文艺的玩意儿。所谓时代性，我以为，在表现了时代空气而外，还应该有两个要义：一是时代给与人们以怎样的影响，二是人们的集团的活力又怎样地将时代推进了新方向，换言之，即是怎样地催促历史进入了必然的新时代，再换一句说，即是怎样地由于人们的集团的活动而及早实现了历史的必然。在这样的意义下，方是现代的新写实派文学所要表现的时代性！

我们现在再看《倪焕之》这部小说是否具有这样意义的时代性。

时代的空气，不用说是已经表现了的了。虽然主人公在小学教员时代是确信着"一切希望悬于教育"，但"五四"以后他对于专谈教育的怀疑以及所感到的寂寞，也差不多近于我在上文所说的"五四"以后弥漫在知识界中间的彷徨苦闷了。其次，时代给与人们的影响，在倪焕之身上也有了鲜明的表现。谁也不能否认倪焕之是受了时代潮流的激荡而始从教育到群众运动，从自由主义到集团主义的。但是倪焕之究竟是脆弱的小资产阶级知识分子，时代推动他前进，他却并不能很坚实地成为推进时代的社会活力的一点滴。他虽然说"我们应该把历史的轮子推动，让它转得较平常为快"；可是他实在对于历史的轮子以及如何推动这历史的轮子使它更快，两者都没有明了的观念。所以他在那革命局面极紧张的时期所鳃鳃过虑者是"学生们停下了课，也不打算几时让他们开学"，而且因此竟感到了幻灭。所以他在局面突变以后，便回复到十几年前独个儿上酒店买一痛醉的现象了。所以他在临终的昏迷中看见了运动铁椎穿青布衫露胸的人终于被压在乱石底下，像一堆烧残的枯炭，而他对于此的解答是："这时没有你的份！"所以他即使有迷惘中的将来的希望，也只是看见了妻和子，并没看见群众。

不但倪焕之，便是那更了解革命意义的王乐山，也并没表现出他做了怎样推进时代的工作。关于王乐山的描写，用的都是侧笔；我们隐约可以推求他的活动，只是不能得到正面的更深切的印象。

《读〈倪焕之〉》

《呼兰河传》

也许有人会觉得《呼兰河传》不是一部小说。

他们也许会这样说：没有贯串全书的线索，故事和人物都是零零碎碎，都是片段的，不是整个的有机体。

也许又有人觉得《呼兰河传》好像自传，却又不完全像自传。

但是我却觉得正因其不完全像自传，所以更好，更有意义。

而且我们不也可以说：要点不在《呼兰河传》不像是一部严格意义的小说，而在它于这"不像"之外，还有些别的东西——一些比"像"一部小说更为"诱人"些的东西：它是一篇叙事诗，一幅多彩的风土画，一串凄婉的歌谣。

有讽刺，也有幽默。开始读时有轻松之感，然而愈读下去心头就会一点一点沉重起来。可是，仍然有美，即使这美有点病态，也仍然不能不使你炫惑。

也许你要说《呼兰河传》没有一个人物是积极性的。都是些甘愿做传统思想的奴隶而又自怨自艾的可怜虫，而作者对于他们的态度也不是单纯的。她不留情地鞭笞他们，可是她又同情他们：她给我们看，这些屈服于传统的人多么愚蠢而顽固——有时甚至于残忍，然而他们的本质是良善的，他们不欺诈，不虚伪，他们也不好吃懒做，他们极容易满足。有二伯、老厨子、老胡家的一家子、漏粉的那一群，都是这样的人物。他们都像最低级的植物似的，只要极少的水分、土壤、阳光——甚至没有阳光，就能够生存了，磨官冯歪嘴子是他们中间生命力最强的一个——强得使人不禁想赞美他。然而在冯歪嘴子身上也找不出什么特别的东西，除了生命力特别顽强，而这是原始性的顽强。

如果让我们在《呼兰河传》找作者思想的弱点，那么，问题恐怕不在于作者所写的人物都缺乏积极性，而在于作者写这些人物的梦魇似的生活时给人们以这样一个印象：除了因为愚昧保守而自食其果，这些人物的生活原也悠然自得其乐，在这里，我们看不见封建的剥削和压迫，也看不见日本帝国主义那种血腥的侵略。而这两重的铁枷，在呼兰河人民生活的比重上，该也不会轻于他们自身的愚昧保守罢？

《〈呼兰河传〉序》

第三辑：采撷最闪亮的星

1978 年，茅盾在书房

《伊利亚特》

　　《伊利亚特》叙述希腊和特洛伊的战役。特洛伊（Troy）城是欧罗巴有历史以前小亚细亚沿岸的古文明的最末一个的大商业中心点。这古文明约在希腊建国以前一千多年，是属于克里特人（Cretans）或爱琴人（Aegeans）的。当特洛伊轰轰烈烈全盛的时候，希腊人还是欧洲北部平原的不开化的民族。这时候，这个属于印度欧罗巴种的游牧民族的小部落自称为希腊人（Hellenes）的，离弃了他们在多瑙河沿岸的本家，往南方去找一块新牧场。他们的行为，非常野蛮。他们常把捉来的俘虏喂他们的保护羊群的狗。他们到了现在我们称为希腊半岛这一块土地上，杀死了岛上的土民，夺了他们的田地和牛羊，又把他们的妻女当作奴隶。他们在高山顶上看见各处都是爱琴的城。可是他们也看见爱琴兵士手里拿的是金属的刀枪，比他们自己的石斧厉害得多，他们暂时不去攻打那些爱琴的城。经过了几百年，这些希腊人脱离了游牧生活，到农业时代了。他们占据了希腊半岛的全地，他们又从他们的高傲的邻居——爱琴人那里，学会了许多事。他们学会了怎样使用铁制的武器，又学会了航海。等到他们把爱琴人的本领全都学会了时，他们就反抗先生了。他们在短时期内征服了爱琴的所有城市，在公元前十五世纪中，他们掳掠了克里特北岸的那个最重要的克诺索斯城（Cnossus）。在公元前十七世纪中，他们攻灭了特洛伊城。

但是在史诗《伊利亚特》中间，这些希腊人已经被描写得很文明了。希腊和特洛伊的战争，在这史诗里，被说成了神的纷争。故事是这样的：

神珀琉斯（Peleus）和忒提斯（Thetis）结婚时，大宴众神，独独遗漏了女神厄里斯（Eris）。因此这位女神大怒，把一个刻着"给最美丽者"文字的金苹果投在众神的筵席上。于是尤诺（Juno）、维纳斯（Venus）、雅典娜（Athene）三位女神都要得这金苹果。神王宙斯不好左右袒，乃命三女神到特洛伊国王的次子帕里斯（Paris）处，由他评判谁是最美丽。帕里斯在伊达山（Mount Ida）中牧羊，忽然三位女神到了；每一位女神都对帕里斯行了预约式的贿赂：尤诺许以富和威权，雅典娜许以名誉功业，维纳斯——这个爱神则许以最美丽的人间的女儿为妻。帕里斯立刻评定维纳斯最美丽，给了她金苹果。因此尤诺和雅典娜便成了特洛伊人的仇敌。维纳斯因为要履行她的预诺，叫帕里斯到希腊去。在斯巴达王麦尼劳斯（Menelaus）处，帕里斯看见了美貌无双的王后海伦。于是靠维纳斯的帮助，帕里斯诱海伦逃回特洛伊去。麦尼劳斯失了妻，和他的兄弟阿伽门农（Agamenon）商量，请希腊各邦出兵一同去打特洛伊。联军组织成了，阿伽门农为总指挥。希腊把特洛伊城围困了，但特洛伊军内有大皇子赫克托尔（Hector）也是英雄，所以城久久不下。众神也来了。尤诺和雅典娜帮助希腊军，维纳斯和她的情人战神马尔斯（Mars）则助特洛伊人。宙斯和阿波罗（Apollo）中立。这个战争延长到第九年，希腊军内的勇将阿基琉斯（Achilles）和阿伽门农生了意见。希腊军因忤神而得大疫，《伊利亚特》史诗即开始于此。

希腊围困特洛伊时，掠夺得许多财物和妇女。照例这些妇女要分配给各将领做小老婆。其中有一个女子是阿波罗神的祭司的女儿，恰做了阿伽门农的小老婆。祭司因此祈求阿波罗神降疫病于希腊军中。疫使得希腊军中各将领开了会议。阿基琉斯和阿伽门农闹了意见。阿伽门农结果还是释放了阿波罗神的祭司的女儿，但为的补偿这损失，他就夺取了阿基琉斯的一个女俘虏。这件事触怒了阿基琉斯，径自率领自己的部下退出联盟军，又祈求他的母亲忒提斯女神惩罚这专制统帅阿伽门农。因为阿基琉斯是希腊军的骁将，所以没有了他，很能影响到希腊军的"士气"。阿伽门农为要表示没有阿基琉斯也不要紧，便下攻击令和特洛伊军开仗。特洛伊军队方面，最勇敢的大王子赫克托尔也在责骂他的弟弟帕里斯，说他闯下了祸，使得本国的父老兄弟姊妹遭难，而他自己却临阵躲闪。帕里斯因此奋发了，愿意和麦尼劳斯单骑相斗，败则归还美丽的海伦并纳财产。于是在特洛伊城外，在美丽的海伦凭城壁而下观的时候，这位海伦的故夫和现在的情人拼死相打起来了。结果是帕里斯败北，仅赖女神维纳斯救了性命。希腊军依约要求海伦复归，帕里斯却又舍不得。于是两军再开战。希腊军因为没有阿基琉斯，军势渐渐不振。又经过了几次交锋，阿伽门农觉得不能再支持了，只好请人带了礼物去请阿基琉斯再出助战。阿基琉斯都拒绝了。阿基琉斯有一位好友柏特洛克劳斯（Patroclus）也以"大义"相责。但是阿基琉斯不动，仅借给了柏特洛克劳斯以自己的甲楯和战车。柏特洛克劳斯出仗，为赫克托尔所杀，失去了阿基琉斯的甲胄。这件事却激怒了阿基琉斯。他的母亲，女神忒提斯，求天上的铁匠武尔坎（Vulcan）连夜替阿基琉斯铸好一件新甲胄。第二天，阿基琉斯就在特洛伊城外追杀敌军，直到最后仅留有赫克托尔。这两位英雄交锋了，赫克托尔败走，阿基琉斯紧迫。他们俩绕着特洛伊城跑，追。希腊军在阵前呐喊助威，特洛伊人在城头祈祷，神们在天空中观看议论。神王宙斯把英雄的命运放在金天平上，赫克托尔的竟沉下去了。命运注定他必死！于是雅典娜女神飞到战场上，变为赫克托尔的弟弟的形状，用诈术使得赫克托尔猛不防被阿基琉斯杀死。赫克托尔最后的一句话是请阿基琉斯把他的尸体归还特洛伊。可是赫克托尔最后听到的话语却是阿基琉斯的怒骂，要把他的尸体喂狗喂鹫。阿基琉斯终于把赫克托尔的尸身拖在战车后面，绕城疾驰。赫克托尔的妻从城头上看见，就投身城下死了。赫克托尔的尸身被弃在野地十二天，神们守护着，不使受损害。神王宙斯乃遣女神忒提斯（阿基琉斯的母亲）平息阿基琉斯的怒，允许特洛伊人来赎取回去。于是特洛伊城内举行了赫克托尔的庄严的葬仪。《伊利亚特》的故事至此而毕。

如上所述，特洛伊战役可说是"神的战争"。希腊和特洛伊两军的勇士只是神们的工具。住在奥林波山上的那些希腊神，最爱管闲事而且最小气的，就为了一个金苹果而酝酿这战事，且又分派地加入了交战的两方面，使这战事延长至十年。《伊利亚特》的二十四卷，恰好是二十四日间的战争记载；每一次交战后，总是三方面地忙着会议：希腊军、特洛伊军，和天上的神们。是天上的神们屡次将两军的和意吹开，重燃着战斗的火焰。那个祸根的金苹果，大概是那些无名的诗人用以象征这一战的物质的经济的意义的罢？实际上恰也正是"野蛮的"希腊人焚杀掠夺了古文明的最后商业中心点的特洛伊。

《西洋文学通论》

《奥德赛》

  《奥德赛》是一串的冒险故事，以希腊军中最聪明的优莱赛斯为中心人物，而以这位"谋士"的在家的美貌夫人潘娜洛甫之为求婚者所苦作为结构上的线索。优莱赛斯用了木马奇计，攻破了特洛伊城，希腊军凯旋了，麦尼劳斯复得了海伦，然而优莱赛斯又因海神波塞冬（Poseidon）的报怨，将他吹到一个小岛上，不能归国。正在这时候，一大群的无赖却在优莱赛斯家里包围了那位美丽而贞静的太太潘娜洛甫求婚——可以说是逼嫁。他们天天在优莱赛斯家里吵闹、吃、喝，消磨他的家财。后来优莱赛斯得神王宙斯的许可，从所留的海岛里要回家了，半路上却又遇到波塞冬，将他的木筏覆翻。优莱赛斯幸飘流到了海王国。因为女神雅典娜先已示梦，所以国王阿尔西诺斯（Alcinous）很优待这位落难者；宫廷的歌女唱诗劝酒，所咏者却正是特洛伊的战事和木马奇计。优莱赛斯忍不住落下眼泪来了。

于是他说出自己的姓名，并诉说十年来的冒险飘泊。

这样，就由优莱赛斯的口中回叙出这位希腊的"智囊"和同伴们怎样从特洛伊回航，怎样现在只剩他一个人了。

他们先被风吹到一个地方。莲花是这里的人民的粮食。优莱赛斯的同伴中有三位吃了那甜蜜的莲花，竟不想回家。然后他们又到了独眼的巨人岛。在这里，被一个巨人吃了他们的几个同伴，幸赖优莱赛斯用计刺瞎了巨人的独眼，方才逃出来。然而这就触怒了海神波塞冬了。因为那些巨人是海神的儿子。从巨人岛又到了那快乐的阿奥劳士（Aeolus）所住的浮岛。阿奥劳士赠他们一只装风的皮袋。这时，只留西风在外，吹送优莱赛斯他们回家。航行了九日，已经可见他们的祖国了，不幸优莱赛斯的同伴们竟私自开了那皮袋口，于是什么风都出来，将他们又吹送到阿奥劳士那里，又吹到巨人岛。在这里，优莱赛斯丧失了所有的船，仅余他自己所坐的一条。然后到了太阳的美发的女儿喀尔刻（Circe）所住的地方。优莱赛斯的同伴二十人吃了喀尔刻的酒，变成了猪。优莱赛斯幸得神给以黑茎白花的奇草，得不为喀尔刻的魔法所害，和喀尔刻成了朋友，居留一年。以后，他们又到死国，看见了特洛伊战役的死者。从死国回来，又经过数险，后在一个岛上误杀了太阳神所养的牛，于是太阳神求神王宙斯降罚，将他们全都溺在海中，唯有优莱赛斯不死，在海中飘泊九天，到一个小岛上，直到现在又覆木筏而到这海王国。

得了海王国的帮助，优莱赛斯回本国，和他的儿子在牧豕奴家里见面。现在优莱赛斯知道了家里的情形了，乔装成乞丐，先回去一探。没有一个人认识他，除了他的老狗。但是那老狗刚要跳起来舔他的手，却就死了。在他家里胡闹的那许多求婚者都侮辱他，可是他定下一计，在第二天将那些求婚者都杀死了。潘娜洛甫得回了她的已失的丈夫。优莱赛斯再去见他的年老的父亲，恰在那里，听说那些被杀的求婚者的家族亲戚要来报仇。大家又都亮出刀来了，流血又将不免；可是神王宙斯不许，使女神雅典娜居间，他们两方面终于不再修怨。

这就是《奥德赛》的首尾。这是许多老故事的祖宗：出征者回来看见老婆被人家夺去，因而报仇。这比《伊利亚特》更多些"人情世故"，更少些"神话"。只这一点，也暗示出《奥德赛》的著作年代要比《伊利亚特》至少后二三百年了。

《西洋文学通论》

《伊利亚特》与《奥德赛》的"好处"

（《伊利亚特》和《奥德赛》）是欧洲文学的最老的祖宗。据今所知，则在公元前五三七年，雅典的庞士特拉妥（Pisistratus）曾召集了几个文人修订荷马的著作，大概即在那时候，写定了《伊利亚特》和《奥德赛》的一部分。并且由此又可知荷马这名字，远在公元前五三七年就已经有了。希洛多德（Herodotus）这位难以十分凭信的希腊古代历史家，曾定荷马时代为公元前八五〇年，那么，荷马这名字的发生也许就在那时候罢？也许所谓"荷马"者，就是当时的无名诗人，取极繁杂重复的歌咏同一主题（就是希腊和特洛伊的战争）的诗歌，汰其芜杂，去其重复，加以衔接，使成首尾完具的《伊利亚特》和《奥德赛》。但是离开这些"史诗"的初发生时代，至少也有一二千年了。

《伊利亚特》和《奥德赛》可说是最早被用文字写定的"传说"。到了中世纪，又有许多新写定的"传说"，那就大概属于北欧的了。例如著名的日耳曼传说尼贝龙根（Nibelung）故事，北欧的"萨迦"（Saga），条顿民族的贝奥武甫（Beowulf）传说。自然这些传说发生的时代，一定也是很辽远的；可是它们的写定却在中古，因而它们的内容也就比《伊利亚特》和《奥德赛》更少些神话的气味。它们是中古的"骑士文学"的前驱。

抽象地讲讲这两部名著的"好处"，在这里倒是可能的——或者也是必要的吧？

首先，我们一眼就看得见的，是这两部古代名著包含着基本的"文艺技巧"。《伊利亚持》的主要写法是"第三人称"的写法，《奥德赛》主要的却是"第一人称"；《伊利亚特》不过是几天内的"故事"，而《奥德赛》却是十年间的记录；《伊利亚特》描写的中心点是"战争"，而《奥德赛》的却是"人情世故"；《伊利亚特》的中心人物是"男子"，《奥德赛》的却是"女人"——这都是显而易见的。如果我们再进一步看，则《伊利亚特》是"雄伟"的，而《奥德赛》是"瑰奇"的；《伊利亚特》有的是所谓"阳刚之美"，《奥德赛》是"阴柔之美"；《伊利亚特》给我们看一些狮子般勇猛、老虎样暴烈的男子——自然，这些男子也不是粗鲁的，海克托宫中诀别妻儿那一个场面（我们的"梗概"里有的）固然凄美动人，而容易生气、傲慢固执、报仇要报到底的阿契里斯接待他的敌人特罗亚老王普赖安的光景，也是温柔大量，感动人心到深处，可是《奥德赛》写的女人却柔媚如猫，狡谲如蛇，皮涅罗皮对付那些求婚人的态度不像一位"贞烈的妇人"，而像一个老练的交际花，即如会魔术的塞栖，奥吉吉亚岛上的女妖卡力普索也都不是一副"泼妇脸"，都是怪温柔的。再说到那些"神"罢，女神密涅发在《伊利亚特》和《奥德赛》中都居于"主角"的地位，可是《伊利亚特》中的密涅发是一个"战士"，不是女人，反之，《奥德赛》中的密涅发却是个"女人"而非战士。就从"结构"一方面讲，《伊利亚特》是紧凑的，激动的，处处火惹惹地；然而《奥德赛》却是舒缓幽闲，一步一步引人入胜。

这一切，就充分说明了这两部名著各擅胜场，合起来就成为西洋古代"文艺技术"的高度发展的结晶。

《西洋文学通论》《世界文学名著讲话》

《神曲》

佛罗伦萨城在银行家梅第基（Medici）做了有权力的治理者以前，这个工业的小都市是摹仿着雅典的政体的。教皇派和皇帝派之间永远有流血的斗争。教皇派的僧侣靠着发卖"赎罪券"（据说是买了这券的人，即使生前有罪，死后也可以不入地狱），敛得许多的钱，养起强大的军队，居然占了胜利了。那时皇帝派中有一个青年，一个律师的儿子，被放逐出佛罗伦萨，过了大半世的漂泊生活。这却成就了他，使他成为"文艺复兴"先驱的最著名的诗人。

这个人便是作了《神曲》的但丁（Dante Alighieri）。

在这部伟大的叙事诗中，但丁告诉我们，怎样在一千三百年耶稣复活节前，星期四那一天，他在一个深林内迷了路，拦住他去路的，是一只豹、一只狼和一只狮子。然后树林里跑出一个白衣人来，却是罗马的诗人维吉尔（我们在第三章中已经看到过这个人）。他是奉了圣玛利亚以及但丁他自己单恋的情人比阿德利斯（Beatrice）的命令而来的。但丁跟了维吉尔游过地狱，又到了"净土"界，便遇见比阿德利斯；那时候，维吉尔不见了，由比阿德利斯引导着但丁再游"天堂"。但丁所见的地狱是九层的，愈深愈窄，最下的一层是冰的海，魔鬼撒旦站在中心，周围是些奸臣、谎言者，以及专靠欺诈哄骗得到功名的人。但丁所痛恨的佛罗伦萨的僧侣和政客全都在地狱的最可怕处。这位诗人不是"宽宏大量"的，当他看见波喀德格利·阿白帝（Boccadegli Abbati）冻结在冰海中只露出一个头，他便从这位可怜的政客的头上拔下一把一把的头发。

或者有人喜欢但丁所描写的九重天堂，但无论如何，但丁自己所着意写的，却是那九层的地狱。他为的要告发那些贪婪淫暴的"执政者"，所以作了这《神曲》。

但丁当然是个严厉的基督教徒，可是异教的希腊神充满在他的《神曲》。

《西洋文学通论》

《神曲》：一场"大梦"

　　《神曲》是一场"大梦"。但丁在一千三百年的四月八日"入梦"，四月十四日完了这"梦"的历程。他在那幽明三界所见的罪人恶人和圣哲，有的早已死了，有的还活在世上，他所讲到他们的功罪，有的已属过去的事，但大部都是一千三百年以后的"历史"——在这上头，但丁就用了"预言"的形式写着。他把地狱里的罪人作为能够知道过去未来，他又把净界和天堂的圣哲作为无所不见，无所不知。

　　《神曲》就是这样一种宗教的道德的而且也是政治的社会的"梦的故事"。但丁在《地狱》篇中攻击了他所认为不对的"市民"的社会政治组织，在《天堂》篇中他憧憬着过去的"骑士时代"，赞扬着禁欲主义。他把"修道士"的地位提高到第七重天。

　　《地狱》部分是属于"物"的，因而导游"地狱"的维吉尔在但丁意中又是人类物质的幸福——社会的政治的利益之保护者的象征；但是对于人类"灵"

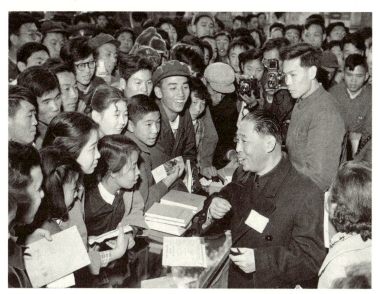

1957 年，茅盾在北京劳动人民文化宫书市上与读者见面

的超度则不是维吉尔所能为力，所以出了"净界"，维吉尔就不见了，而属于"灵"的"天堂"部分要由贝雅特丽齐来引导，在但丁心中贝雅特丽齐就是保护人类"灵"的超升之教会的象征。但丁的政治理想是"统一的神圣罗马帝国"，他拥护封建政治，反对"市民政权"，所以他的"物质幸福之保护者"的象征"维吉尔"也就是"帝政"的象征。但丁又是反对教皇干涉政治的，

他的宗教思想是禁欲主义的修道士生活，"净界"的七级就是禁欲主义的形象的表现。

然而在这一切中世纪文化的特性之外，《神曲》又有些新的"精神"。在形式上，《神曲》不但用了"白话"来写，并且采用了民歌的韵律，并且通体是"三"的演进（这都是上面已经说过的）；"地狱"的构造，设想到空前的精致而整齐；"地狱"篇中几段的"插话"几乎已是很完备的短篇小说；而在通体的象征的描写中又到处显出写实的创作手法——这些形式上的特点已经不是中世纪诗歌之散漫和梦幻所可比拟。至于在内容方面呢，但丁将自身作为"人类精神"的象征，将自己的个性作为人生的中心，便颇已表现着他的个人主义的感情，而且他又在基督教传说之外很采用了异教的希腊神话传说，构成了基督教文化与异教文化的混合（他的"天堂"九重"诸星世界"也是采用了希腊天文家托勒密的学说），这些也不是中世纪诗歌里头找得见的。

所以《神曲》虽然是"中世纪的史诗"，虽然是中世纪文化最后之哀声，虽然作者是在中世纪文化没落的阶段表示了顽强的挣扎的一人，然而正因为那是在成长着强化着的都市的"市民"文化环境中的产物，因而不能不带有二重的烙印，在内容和形式上都预告了新的历史的阶段——文艺复兴时代之就要降临。

《世界文学名著讲话》

《神曲》与《离骚》

　　将但丁比屈原，《神曲》比《离骚》，或许有几分意思。这两位大诗人都是贵族出身，都是在政治活动失败以后写了诗篇以寄悲愤。

　　自然，《神曲》比《离骚》规模大得多；这全体百曲（Cantos）都凡一万四千行，分为"地狱""净界""天堂"三部，被称为"中世纪史诗"的《神曲》，是中世纪文化之艺术的结晶（《神曲》第一部《地狱》凡三十四曲——或"章"，第二部《净界》，第三部《天堂》，各得三十三曲，合为百曲，唯《地狱》部第一曲是全书"引言"的性质，所以《地狱》部实在也是三十三曲——这样的结构是非常整齐的）。《离骚》跟它比起来，似乎渺小得多了。但是，倘使我们不仅以《离骚》而以屈原的全部著作跟《神曲》比拟，那么，我们会看见这东西两大诗人中间有不少有趣味的类似。

　　但丁的《神曲》的基本思想是基督教的禁欲

主义，可是构成这"孔雀羽"——但丁的后辈，大作家薄伽丘（Boccaccio）将《神曲》比为孔雀——的灿烂的，也有"异教"（Pagan）的传说和神话。同样地，屈原所"上下而求索"者，虽然是尧舜的"纯萃"，可是他也喜言 Paganism 的"巫俗"（《九歌》)。《神曲》是"梦的故事"，而《离骚》和《九章》也是"神游"的故事。《神曲》开头的文豹、狮子，和牝狼是象征或隐喻的，《离骚》等篇的椒兰凤鸠也是隐喻。《神曲》托贝雅特丽齐为天堂之向导，但丁是把这个纯洁的女子作为信仰之象征的；同样地，《离骚》也托言求"有娀之佚女"。《神曲》包罗了中世纪的社会的政治的现象，交织着中世纪之哲学的和科学的思想；屈原在他的一气发了一百八九十个疑问的《天问》内，也颇有包举一切——从传说到屈原那时的社会政治，从哲学以至自然现象的解释，等等古代文化的气概。不过有一个大不同在，即但丁是站在自己的立场肯定地批判了一切，而屈原则是皇皇然求索。

《世界文学名著讲话》

《十日谈》

薄伽丘（Giovanni Boccaccio）是佛罗伦萨的一个商人的私生子。他并没受到但丁的被压迫的痛苦，所以他从来不游但丁所游过的地狱；他只游当时治者阶级的"天堂"。他的短篇小说集名为《十日谈》（Decameron）的，写了许多当时的支配阶级所喜欢的事情——奢侈淫靡以及俏皮的讥刺，他很快地成为富有阶级的宠爱者。

据说是一三四八那一年的大瘟疫时候，佛罗伦萨的有钱人中间，七个女子和三个男的，跑到乡下的别墅内避疫。用竞技、读书、谈话、恋爱、说故事，来消磨他们的时间。每天他们中间举出一个人来充当他们一伙的"王"或"后"，在这个"王"或"后"的命令之下，这一伙的每个人须得讲一段故事。如是十天以后，他们又回佛罗伦萨去了。《十日谈》内就包含了这些故事，虽然每篇独立，可是前后衔接的两篇又是暗示着有连络的。这些故事的内容可说是表现了人生的各方面：感伤的、诙谐的、描写污秽淫佚的、表现高贵精神的、讽刺僧侣的、讥笑富人和贵妇的，应有尽有。然而最多的却是赤裸裸地表现僧侣阶级的腐败凶淫以及性欲的丑态。我们要知道薄伽丘是一位很能够"舞文弄墨"的人。他早年写给他未婚妻的许多用古来传说（特是希腊的）作为材料的叙事诗，是很巧妙地织成的"回文织锦诗"；各行的第一字母，依一定的方法可以读成三首独立的诗，又依另一方法拼缀，则可以拼成许多爱人的名字。现在这《十日谈》中，虽并没有这种小巧，但是文字优美而有力，所以立刻在闲暇阶级中风行起来。到薄伽丘死后，教会看见这《十日谈》的势力太大，便把其中的僧侣换改了俗家人，制成一部"钦定板"。

薄伽丘被称为意大利散文之父。在外国的影响也是很大的。英国的乔叟（Chaucer）、莎士比亚（Shakespeare），法国的 Fabliau 体小说，德国的莱辛（Lessing），都从《十日谈》中汲取了泉源。

《西洋文学通论》

《十日谈》与《神曲》

在但丁的《神曲》完稿以后二十七年，佛罗伦萨又有一位大作家开始在写一部空前的巨著了。我们说它是"空前"的，一点也不算夸张；因为无论在体裁方面或是在题材方面，它是欧洲文艺史上以前所未有的著作。

这就是薄伽丘（Giovanni Boccaccio）的《十日谈》（Decameron）。

《神曲》是一件大工程，一个大计划，需要二十年的工夫去完成它；《十日谈》呢，虽然不及《神曲》那样是"整严的三棱形的大建筑"，可也是一件大工程、一个大计划，完成的时期据说也将十年。也许有人专从"技巧"上着眼，以为《十日谈》不过是一百篇小小的故事，其中最短的不满二千字，最长的亦不过一万，并且每篇故事各自独立，彼此之间没有不可分离的"有机的关系"，怎及得《神曲》的百曲是依着严密的计划，整然的"三"的演进，全体是有机的结构，幽明三界的游历是浑然一气的长故事，多一曲或少一曲都是不可能的——不错，也许有人从这些上头判断《神曲》和《十日谈》的高下；然而，让我们从另一方面来看看。如果《十日谈》也是《神曲》同类的作品，那就不用说它比《神曲》差得多了。因为我们把同类——思想内容相同的作品来比较的时候，"技巧"的高低可以视为重要的决定因素的。但是倘使是思想内容完全不同的两种作品呢，那我们就不能专在"技巧"上头着眼，我们应当从它的思想内容和时代的关系——对时代的影响上去下判断。比《神曲》后了这么三十年出世的《十日谈》就要求我们不从"技巧"上而从内容思想上去认识它的"伟大"——或者说，和《神曲》一般的伟大。

因为《神曲》是"梦的故事"，是象征的，幻想的，两眼向着天上的，而《十日谈》则是现实的描写，人间丑恶诈伪的剥露，是注视着活人的社会的；而且，《神曲》是中世纪贵族文化之"回光返照"，而《十日谈》则是代替了贵族文化的新兴工商业"市民"文化之"第一道光线"。

《神曲》是没落的贵族文化的总结束而带着新兴"市民"文化之烙印的，《十日谈》则是完全属于"市民"文化的。新的文化的内容，要求一种新的形式，《十日谈》的形式便是这种新形式的"初步"；然而它已经不怎么简陋或幼稚了。它的一百个故事虽然彼此之间没有不可分离的有机的关联，然而这是在预定的大计划——思欲包罗人间社会种种形象的大计划下写了出来的。它这一百个故事类分为十类，从全体看来，何尝不是人生的"百面图"？五百年后巴尔扎克（Balzac）的《人间喜剧》即使比《十日谈》要规模阔大得多，然而又何尝不能说是《十日谈》的计划的扩展——或者换句话说是十九世纪的长成而且强壮的"市民"社会所能产生的《十日谈》？不过在薄伽丘那时代，我们还只能有百篇短故事的"人生百面图"，因为"市民"的文艺式样——小说这东西那时刚在萌芽。

《十日谈》虽然比《神曲》不过迟了这么三十年，然而两者完全是两个世界。

《神曲》的人物主要是帝王、主教，但《十日谈》的人物主要的却是商人、手艺人（这是他们第一次在文艺上登场）。《神曲》是宗教的、象征的，而《十日谈》是现在的、写实的；《神曲》宣扬"禁欲主义"，而《十日谈》极端攻击"禁欲主义"；《神曲》虽然也指摘教皇与教会，但其根本精神则是赞崇宗教，反之，《十日谈》则以为僧侣和修道士们是最坏的坏人，常是讪笑的资料。

《神曲》自始至终是严肃的悲痛的音调。但是《十日谈》却充满了既不受僧侣所欺骗，亦不为"来生的快乐"所麻醉，而只顾现世的生之享乐——这些人们的粗暴的健康的笑。然而这"笑"决不是颓废的笑。这是不信什么天堂、地狱，不将自身的命运依赖于什么上帝、天使，而依赖于自己的聪明努力奋斗的人们的自信的快乐的笑。第七日故事中的女子就是这样的自己主宰命运的人物。而第三日故事的全体都说明了这一原则。

《十日谈》中所有的"妇人观""恋爱观"，人类平等和男女平等的意见，在《神曲》中是压根儿找不到。

或者以为薄伽丘转述了许多古书上的故事，并没有多少"创作"。不错,《十日谈》中有许多故事只是旧说的转述。然而薄伽丘把他的思想吹入了古旧故事的骨骼中,使变为新的东西了。

十四世纪新兴工商业都市的"市民"意识,从《十日谈》里得到了正确的反映和积极的教育的作用。这是为什么《十日谈》在当时会那样风行,当十五世纪时至少有十二三种版本了。倘使我们只把《十日谈》当作一种"笑料"或"性欲描写"的著作,那就差得太厉害;再如果我们只从"小说的始祖"这观点去评量《十日谈》,也是同样的不够呵。

《世界文学名著讲话》

《哈姆雷特》

　　《哈姆雷特》是莎氏的重要作品之一，而且也是最被人研究得多的一篇。这是依据了传说中之丹麦王子哈姆雷特的故事作的。哈姆雷特的父亲（丹麦国王）死后，王后便和王弟（哈姆雷特的叔父）结婚，而且此新的丈夫又承袭了王位。哈姆雷特对于母亲的行为不满意，对于父亲的突然而死，也起了怀疑，然而他所不满或甚至憎恨的人到底是他的母亲，因此他就不知道怎样办好，于是忧悒而且厌世。是时城中忽又传死王的鬼魂常于夜半出现。哈姆雷特于是和两个朋友亲自侦之。果然看见了鬼，哈姆雷特仗剑独自追去。追着了，那鬼果然是哈姆雷特已死的父亲的鬼；于是哈姆雷特心中的疑团打开了：他的父亲果然是被害的，凶手就是他的叔父，现在丹麦的新王。鬼又嘱咐哈姆雷特报仇并夺回王位，但无论如何不可伤害母亲。这一场见鬼，使得哈姆雷特神经错乱。他的朋友（同去找鬼的）劝他假装疯狂，以便暗中进行复仇，不料哈姆雷特一时竟有些真的疯疯癫癫了。然而这仇是非报不可的。这是理智的命令。但感情使他狐疑不决。他先借演剧来试探他从鬼那里听来的话是不是确实的。既证明是确实了，他就见他母亲，骂她，并想杀她，不料却刺死了隐在帏后的宰相，他的爱人的父亲。此后，是他被放逐出国；押解他的二人本受有丹麦新王的密令要在到了英国时将哈姆雷特杀害的，不料事泄，又适遇海盗，哈姆雷特仍返丹麦。这时被哈姆雷特所杀的宰相的女儿（即哈姆雷特的爱人）已经疯而且投水死了，儿子却要找着哈姆雷特报仇。同时哈姆雷特的复仇心却动摇不决。厌世思想却更浓厚。终于他因与宰相之子决斗，王后饮了新王预备着害死哈姆雷特的毒药酒而死，于是他仗着一时之气将新王（他的叔父）刺死。但他自己也死了。

《汉译西洋文学名著》

《堂吉诃德》

　　我们要讲一讲被称为"骑士文学"殿军的《堂吉诃德》。许多人说塞万提斯（Cervantes）在"嘲笑中结果了西班牙的骑士风尚"。而实在呢，真实的骑士早已不在真实的人间存在，塞万提斯所结果者仅是纸片上的骑士——换句话说，是十六世纪以前那个骑士文学的大垃圾堆。堂吉诃德所披着出去寻找侠客事业的铁甲，是曾祖手里传下来的烂锈的铁甲，而他在一路上所闹的笑话却正表示了所谓"侠客"的风尚早已死灭，不复存在于堂吉诃德当时的社会中。如果生在三四百年以前，堂吉诃德也许是一个成名的"骑士"，但因时代已经过去，所以堂吉诃德在人们的哄笑中死了；他死后，他的盔甲和那把所信任的刀子，都被变卖了偿他的债务。从此也就没有人再拿起这把刀子，也就没有人再说到这把刀子。

　　《堂吉诃德》出世后，西班牙就再没有"骑士文学"出版了。不是"塞万提斯微笑地挥去了西班牙的骑士制度"（这是拜伦的话）——不，骑士制度在西班牙早已死了，而是塞万提斯微笑地结束了西班牙的"骑士文学"！

《堂吉诃德》本身不能算是"骑士文学"，但塞万提斯——嘲笑着那时的"骑士文学"的塞万提斯，却实在悲惋着那已死的"制度"；他和他同时代的或略前的"骑士文学"的作者不同的地方，即在他能够更冷静地观察现实，并且更热情地——更能真正热情地怀恋那已死的古老的制度；他"一面以嘲笑来埋葬了骑士的世界和骑士的文学，但同时亦用了诗的辉耀的圆光来围照着自己的'悲哀姿态的骑士'的头颅"（弗里契的话）。

他给十六世纪的西班牙的人生画了一幅再真切再清楚也没有的图像：贵族、骑士、诗人、乡绅、教士、商人、农民、剃头匠、赶毛驴的、厨子、犯人、清客式的贵妇人、激情的大姑娘、母罗族的美人、头脑简单的村姑、放荡然而好心肠的厨娘——这一切都由他的同情的观照描写得活泼而忠实（费士麦利士·克莱的话）。你会觉得你个人的生活经验——或者你对于生活的感想，至少有一部分可以在《堂吉诃德》里边找到，即使找不到正面的，至少反面的一定找得到。这，就是《堂吉诃德》为什么在当时受人欢迎，而且直到现在仍旧受人爱读；为什么我们在儿童的时代喜欢它，到了中年时依然喜欢它，到了老年时还是不讨厌它。

现在西班牙的国立图书馆里有一间大房挤满了《堂吉诃德》的各种印本，有几百册，代表了几乎全世界的语文。另一间大房子里又有同样多的研究《堂吉诃德》和塞万提斯的著作。也许你觉得塞万提斯和他的这部伟大的作品要有那么多的"研究"未免过分了罢？你这话或者不错。我也可以大胆说一句：有许多关于塞万提斯的生活和《堂吉诃德》的"背景"或字句的考订论辩，当真有点像是"烂泥里打架"，但这件事却也证明了《堂吉诃德》从十六世纪到现在没有一个时候被人忽略过。

《西洋文学通论》《世界文学名著讲话》

《失乐园》

　　弥尔顿的《失乐园》和《再得乐园》可以说是清教教义之最明白的最典型的艺术作品。资产者的清教徒憎恨贵族的骄奢淫佚。清教徒崇视禁欲生活，轻蔑世俗的利禄，不喜欢纯美学的艺术，封闭剧场；弥尔顿以为艺术（诗歌也在内）并不是美学的东西，而应当是追求道德的宗教的目的的东西，诗歌应当赞美神的伟大与全能，应当歌颂圣者及殉道者的光荣的斗争，以及凡以信仰之力与基督的敌人相抗争的正大虔敬的民族的事业和胜利。他这理论的实践，就是《失乐园》和《再得乐园》；前者写善与恶的斗争，后者写殉道者的光荣及其造福于人类。

　　弥尔顿依清教徒的世界观和人生观，取《圣经》上寥寥数语的故事，敷陈为洋洋十二卷的庄严的"史诗"。他写上帝既将叛乱的撒旦（恶魔）及其同党驱走以后，就打算再创造一个世界以及这世界的居住者；他派天使们在六天内创造成功了，"人"就是亚

1979 年，茅盾在家中

当和夏娃（这在《失乐园》中是从天使长拉飞尔的嘴里叙述出来，因为上帝知道撒旦又在捣乱想引诱亚当和夏娃反背上帝，所以特派了天使长去警告亚当和夏娃，告以上帝和撒旦战争的经过，及世界之创造；见原书第六到第八卷）。失败后住在下界深渊中的撒旦一方面集合同党，再谋叛乱，一方面他偷到乐园去，想诱坏了夏娃；他正在夏娃梦中引诱她，不料被守护的天使所见，于是他的阴谋失败了。但是撒旦不肯罢休，他第二次偷进乐园去，那时恰值夏娃不听亚当的劝告，独自散步；撒旦幻形为一条蛇，劝诱夏娃吃那树上的禁果。夏娃当初打算不分给亚当吃，因为她想到如果独自吃了而变得更聪明时，那就可以使亚当更加爱她些。但她一转念，倘使她因此而死了，那么亚当就要去娶另外一个夏娃了，这是她所不愿的；于是她就决意分给亚当吃。亚当初时也想不吃，后来也因为要与夏娃同运命，便也吃了。这一吃了那禁果，就是违反了上帝的话，于是亚当和夏娃就被逐出乐园。

清教徒的思想就表现在亚当和夏娃的身上。亚当是勤勉的，能够节制快乐的，正跟初期的商业资产者的清教徒一样。夏娃是一个顺从而忠实的妻子，正也是清教徒理想的良妻。亚当与夏娃的性生活正也和颓废的贵族相反。在《失乐园》中，亚当和夏娃其实正是清教徒自己的祖宗的写真。

《失乐园》的末尾已经暗示了"人"仍旧可以再得乐园。而终于能再得乐园却亏了"最高德行"之化身基督的力量。这在《再得乐园》里，弥尔顿用了美丽的虔敬的诗句赞颂着。

弥尔顿的"史诗"是清教徒资产阶级在英雄的革命的时代的产物。到一六八八年后，清教徒的资产阶级既已确立了政权，这种宗教的英雄的诗歌也就让位给家庭小说了。

《汉译西洋文学名著》

《鲁滨孙漂流记》

《鲁滨孙漂流记》（Robinson Crusoe）写一个不愁衣食的中等人家（父亲是退休的商人）的第三子，在童年就渴慕冒险的流浪生活，不顾家庭方面的坚决的反对，竟在十八岁时逃出家庭，过航海者的生活。他的流浪生活开头就是不顺利的，但最困苦而且是全书的骨骼的部分，是他一人在荒岛上二十八年的生活；他这二十八年中，和自然奋斗，从匿居山洞的猎人的生活进而为建造小屋的农业者的生活，最后且救了一个遇难的白人（鲁滨孙给他取名礼拜五），以为他的部下，于是居然在荒岛上有了市民国家式的生活。所以这冒险小说是将人类从游牧渔猎的原始生活直到狄福那时的市民政权的生活，很巧妙地依着狄福（商业资产者）的人生观世界观写了出来的。而且书中主人公鲁滨孙的冒险欲以及艰苦的奋斗、刚毅的意志、创造的能力，又都是那时代的商业资产者的冒险家的典型。在形式上，这部书并不写日常的社会生活，而写荒岛；没有许多人物，却只有一个人物；这也是空前的。据说笛福写此书也有模特儿：虚拟的英雄鲁滨孙是一个实在的真人亚历山大·息尔克（Alexander Selkirk）的影子。息尔克是一个水手，也因船沉而在荒岛上住过，后遇救。这故事也许就是感发了狄福写《鲁滨孙漂流记》的诱因。然而鲁滨孙比真人的息尔克伟大得多，有办法得多。倒是这虚拟的鲁滨孙才是狄福那时英国商业资产者最好的典型。又从鲁滨孙的生活上表示出只有靠自己的力量才能在生活中胜利，这自己就是个人，不是集团；所以此书又是礼赞了资产者的个人主义和自由主义的作品。

《汉译西洋文学名著》

《格列佛游记》

　　《格列佛游记》（Gulliver's Travels）在形式上是和当时盛行的冒险小说有血统关系的。书中主人公的格列佛——即第一人称的"我"，漫游世界，遇风浪船沉，只他一人得命，到一岛上，不料此岛有一小人国（Lilliputtians），于是平平常常的格列佛就成了小人国中的上宾。斯威夫特按照了他当时的英国社会、政治——议会和党派的斗争，来写这小人国，所以小人国者，实是当时英国的缩形，而加以丑恶的滑稽化。后来，格列佛厌倦了什么国王、公主和亲贵大臣了，和小人国告别，回到家里，恰好承袭了一份遗产。然而格列佛浪游的念头是不能息的，于是第二次航海，又遇风暴，飘流至一地，却是大人国（Brobdingang）了。从前在小人国中是英雄天神的格列佛现在到这大人国里只配做玩具。大人国的人实在是庸碌的，贪安逸，没有大志的；斯威夫特在这里的讽刺是针对着腐败堕落的英国上流社会。

以后格列佛又一次航海，又一次遇难，到了飞岛。这岛上的人能飞，自居为优秀的民族；不过最大的理由恐怕还是因为他们老是一眼向上一眼向下。后来的冒险是到了丑猿国（Yahoos），这是跟"人"差不多了，有金钱欲，而又胆怯。在这国内，格列佛更觉得无聊。丑猿是斯威夫特用以象征商业资产者。他对于商业人的辛辣的讽刺在此达了顶点了。可是他又用一个什么智马国来和丑猿国对照。他把丑猿类作为智马类的卑下的臣属，而称赞智马国的合理和极乐。他借了格列佛的嘴巴说："我愿意也是一个霍音姆人（Houyhnhnm），能够住在这国里呀。"但是霍音姆族的智马国人到底因为格列佛和丑猿族近似，恐怕他留在那里会做丑猿族的领袖而闹事，就驱逐他出境了。

《格列佛游记》和《鲁滨孙漂流记》一样是英国文学散文的"古典杰作"，有许多供儿童读的节本。

《汉译西洋文学名著》

《浮士德》

　　《浮士德》第一部出版于一八〇八年，但此书之开始制作，尚在三十年以前。第二部则在歌德逝世前半年脱稿的。所以此书之创作时间几乎就是歌德文学生活的一生。歌德前后思想的变动就表现在《浮士德》中。这书的第一卷的初稿，曾经有过大大的改动。

　　浮士德是传说中的术士。这传说最初盛传于德意志，旋即为十六世纪英国的戏曲家马洛（Marlowe，他是莎士比亚的前驱）改编为剧本，把主人公的浮士德下了地狱。十八世纪时，浮士德的木人戏，在德国很为流行。其后莱辛（Lessing）和"狂飚运动"中的克林格（Klinger）都用过这题材。然而把这位古代的术士完成了艺术的创造的，只有歌德而已。歌德的《浮士德》在全体上是反映了整整半世纪的资产阶级德意志的知识阶级的历史的。歌德在此书开头先来一个"舞台上的序剧"（就是开场白的意思），说明诗人非为投合一般观众的好尚而作此剧。接着就是"天上序曲"，说明恶魔与神相赌，谓能把浮士德诱离真理的路。

于是正场来了。浮士德住在街道窄狭、房屋低小的小小市镇内，埋头读书，想要从此发现真理，认识自然。他研究了中世纪的一切科学，然而他的目的达不到。因此他转而向魔法书中求索，但是也没有得到什么。浮士德失望了，思欲仰药自杀，适闻复活节的钟声与歌声，乃止。然而恶魔靡非时特却变形为卷毛小犬的形状来了。他跟进了浮士德的书斋后又变形为游历的学者，向浮士德指出另一条路——生命的认识和生命的支配之路。于是浮士德从他的狭窄的书斋出来，到人生的广场了。但是抱负巨志的人，在锱铢必较的市民环境中，是无可展施的。靡非时特的魔法引起了浮士德的青春之火，他诱惑了少女玛甘泪，于是产生了悲剧，浮士德受不住良心的苛责，与靡非时特共入山中，借大自然的力量得到精神的苏生。第一部止于此。第二部的场面可阔大多了。浮士德住在王宫里，演假面剧作乐。他借靡非时特的魔力与古希腊的绝代美人海伦结婚（在这里，海伦是希腊文化——艺术的象征）。他又以平定强敌的功勋得国王赐以海边的一片荒土。可是永久不能安定于个人的幸福而自认满足的他，又狂热地想在此荒土上建设新的生活。他幻想着数世纪以后，这海边的荒野将有一切平等的互助的分工的人群；如果他当真能够亲眼看见了这样黄金时代的人生，他大概便要说一声"好了，够了"罢，但浮士德终于未能亲见完成而死了。靡非时特是赌输了。因为浮士德始终不为个人的幸福而说过满足。

浮士德的经历就是歌德自己一生的写照。歌德也是从书斋的苦读者而恋爱浪漫（这是他的生活诗剧的第一部），而为大臣（威玛公国的），而且也不过在幻想中垒起"新的人类生活"的七宝塔罢了。然而浮士德那种产业的（Industrial）大计划也是资产阶级文化的基础——也正是那时向上的市民阶级的憧憬，而由歌德给以艺术的形象化了。

《汉译西洋文学名著》

《钦差大臣》

　　果戈理是俄国第一个写实主义的作家。他的文学事业开始于十九世纪三十年代，和普希金与莱蒙托夫正是同时代人。但他比较的寿长，他的文学事业的终止已在四十年代的中期。他的著作，主要是小说，但戏曲如《钦差大臣》也是非常有名，直到现在，舞台上常在排演。他所处的历史的阶段虽然正就是莱蒙托夫所诅咒的卑琐与不动的时期，然而他不像莱蒙托夫那样忧伤悲愤——他将他的悲愤化成了讽刺的微笑，但这笑背后有热情的火，也有对于将来的确信。

　　《钦差大臣》描写俄国官场的贪污与地方绅士的逢迎。巡按微服私访的消息到了某村，该村的村长就召集了村中医院院长、小学校长、邮政局长等等，总之是村中的一应要人谈话，请大家事前提防。他请医院院长把医院里弄干净些；又请邮政局长私拆邮信检查，因为听说村中人民有人要去告发村中各要人的劣迹。此时忽又有两个地主赶来报告村长，说村中某客店一青年寓客已经住了两星期，没有付过钱，也不走，形迹很可疑。遮莫这就是私行暗访的巡按罢？村长他们心里都转着这样一个念头。

然而这青年实在是浪子，花光了钱，呆在旅馆中走不动而已。客店的老板待他也很不客气。这一天端上来的饭菜是不能吃的，这位年青人正在生气，村长却就来了。村长是来试察这位古怪的外路人是否当真是微服暗访的巡按。但青年以为村长是来捉他——因为他欠了房饭钱。他绝望了，心一横，态度和口气是很倨傲的。怀着鬼胎的村长就误认他一定是暗访的巡按了。青年觉得了这一点，也就将计就计。于是这位落魄的浪子居然在村长官舍住了起来，对村长的妻女大吹牛，将这两个眼孔小的女人颠倒得无可无不可。所有村里的要人都送贿赂。同时又有人来告发村长等人劣迹的，也送了贿赂。村长的手段很高妙，一面使女儿侍寝，一面就说，既这样了，只好屈大人为婿。合村都庆村长好运气。

正在鬼混得热闹，邮政局长忽然偷拆了这位伪巡按写给城里朋友的信，才知是错认了人，急去报告村长。村长又气又羞，说要办他；村长的女儿却在里边哭，倒弄得村长使不出威。于是大家一口冤气都呵在那两位最初报告消息的地主身上。大家都说是他们俩多嘴招出来的笑柄。可是正闹不清楚时，村中警兵来说："钦差巡按大人已到本村，正在客店里呢！"这是一个晴天霹雳，村长以下都吓得变成了石头。

《汉译西洋文学名著》

《大卫·科波菲尔》

　　《大卫·科波菲尔》（David Copprfield）是半自传的小说。主人公大卫是一个孤儿，母亲再嫁，后父性情很坏。后父的妹子也帮同虐待大卫，后来他进了小学校，那学校的校长和教员也都是坏蛋。然而大卫因为家庭中实在太黑暗，也就觉得学校生活好多了。不久，他的母亲死了；他的后父就不再让他读书，送他到伦敦的酒坊里当学徒。酒坊的主人是正在贫穷化的小商人，脾气也不大好，但不是坏人，待大卫还好。可是大卫觉得天天在酒坊里洗瓶子，总不是办法，所以他就逃到了杜法地方伯母那里。这伯母是略有财产的寡妇，也没有儿子，就收容了大卫，送他再进学校。毕业后到了伦敦，在一个牧师处办事，和牧师的女儿恋爱。此时他的伯母破产了，大卫不能不赶紧设法自谋生活，他进了一个报馆。

　　这是大卫的半生的经历，是狄更斯按照他自己半生的经历写的。但这大卫的遭遇在书中只是一根线索，狄更斯用这线索把贫穷化的小市民层的生活的各方面描写贯连在一处，成为一大串连续的（虽则不是有机关系的）画片，和大群的人物的画像。尤其是对那些趋于破产的厄运的小市民人物描写得异常真切生动。这是此书之所以被认为狄更斯的代表作的原因。

《汉译西洋文学名著》

《当代英雄》

　　《当代英雄》可说是莱蒙托夫的自画像。主人公毕巧林（Pechorin）是一个活厌了的人。他感得到处是平凡灰色，总想找些什么事来激动一下生活的死波，然而在平凡灰色的环境中，什么伟大的事都没有法子找到。他恨那些卑怯自私的人，他也藐视他们——不把他们当一回事。他最初恋爱一个女子，带她到自己家里，可是他旋又觉得这样沉闷微温的生活着还不如死好。这女子和另一人发生恋爱，打算私下逃走，但是逃的勇气也没有的那个男子——或者说，忍受逃的困难的勇气也没有的那男子，倒用谋杀了他的恋人（那女子）的方法来解决了自身上的难题。当毕巧林看见了是那样一个卑怯无聊的男子时，他觉得真不值得拿他当作自己的对手；他也就不去过问他的罪。后来毕巧林又在高加索遇见了玛丽公主和她的"面首"。他并不觉得公主可爱，他又知道那公主实在也未尝爱她的"面首"。于是一种干点什么事来解闷罢的意思又激动了毕巧林想要取得公主的爱情。他把这当作一件事去干。居然成功。但他又立刻觉出和这风骚美貌的贵妇人享点温柔幸福也是无味，也还不如死了好。他挑怒了那曾充公主"面首"的男子——他所蔑视鄙夷的男子，而且在决斗中让自己被这自己所鄙夷的男子打死。

这《当代英雄》的主人公的死法好像就是莱蒙托夫后来自己在决斗中让人打死的预言似的。

大批评家别林斯基（V. Belinski）分析《当代英雄》的主人公的心理，以为这不过是"磨练一个前途远大的青年人的凶恶的病痛"。而这"病痛"，就是对于那时候的卑琐无耻的人生的鄙夷和憎恨，所有俄国三十年代的最好的人都忍受过的。在莱蒙托夫这消沉活厌了的表面下，我们看见一个三十年代血性男子的最好代表的莱蒙托夫。

《汉译西洋文学名著》

《三个火枪手》

　　大仲马是少有的多产的作家。他雇用了大批书记，帮助他搜集材料，甚至代他写初稿。所以有人说他好比开了一个"小说作坊"。他的书记中间最有名的是马格（Auguste Maquet）、拉克罗滑（Paul Lacroix）、鲍卡其（Paul Bocage）、麦勒菲（J. P. Mallefille）、飞阿伦帝诺（P. A. Fiarentino）等。这些书记在大仲马的作品上当然尽了很多力量，但最后的定稿是大仲马自己的工作，大概是事实。不过这样的开作坊似的大量生产就使得大仲马的作品大半被现代人忘记了。

　　大仲马的作品又是并不一定真所谓历史。他有时只用了历史上几个人名，而事实完全是他杜撰的。有时书中的主角也不一定真有其人。例如"达特安三部作"的达特安。但也有人给他详细考证说是真有其人。约尔甘（Jaurgain）曾费了大功夫写一部《特拉维、达特安和那三个火枪手》（Troisvilles,

D'artagnan et les trois Mousquetaires）证明达特安确是历史人物。不过无论这人是真有呢或是不真，达特安却是大仲马创造的一个有血有肉的人物。而且在这人物身上，也反映着当时往上爬的青年市民的气氛。和达特安相反的、蠢笨然而可爱的波尔多斯却是没落的贵族反面的影子。大仲马在"达特安三部作"中对于英国克林威尔革命的态度是贵族的立场，这又是很显明的。

《三个火枪手》及其续编《二十年以后》是把路易十三、十四朝的贵族与主教派的暗斗为背景的。中间也写了巴黎市民的未成功的革命（路易十四时）。《三个火枪手》就是阿多斯、阿拉密斯和波尔多斯三个性格完全不同的人物。达特安是这三人以外的另一型。和政争交错的，又有路易十三的王后的秘密恋爱史。达特安——一个到巴黎碰运气的乡下青年（很有点像大仲马自己年青时），是这一切复杂动作中的一根线索。在《二十年以后》中，这达特安和他的老朋友——三个火枪手——分离了，并且几乎立在敌对地位了，但是他们又合在一处，因为达特安知道他的上官——爱钱如命的首相兼红衣大主教马萨林，不值得受他的忠心。阿多斯是一个纯粹的贵族，但他是没落中的悲观的贵族的典型。阿拉密斯是教士的典型。他有时联合贵族，有时却也利用市民来打击贵族。市民——商人和手工业者，在书里常被写成讨厌的丑角。达特安身上虽然反映着往上爬的青年市民的气氛，他虽然嘲笑波尔多斯的爱学贵族排场，然而他是倾向着贵族的。他所以看不起马萨林，就因为马萨林本来是一个意大利的光棍。

然而这一部书又是二重性的。贵族在这书中，也是很可笑的

《小传》手稿之一页（1935 年）

丑角。路易十三的首相红衣大主教黎塞留在这书中也被写成了秘密党的首领那样的人。这又表示了在市民争夺政权很剧烈时代写此书的大仲马也受着那时代的烙印。

《汉译西洋文学名著》

《包法利夫人》

也就是这一八五六年，风平浪静的巴黎文坛突然为了福楼拜（Gustave Flaubert）的小说《包法利夫人》（Madame Bovary）而引起巨大的扰动。福楼拜？没有听见过这个名字。而且像《包法利夫人》这样的小说，也是从来不曾看见过哪！"这也算是文学么？这样琐细平凡的记事！"巴黎文学界中的人侧着头耸肩膀。他们老实是觉得《包法利夫人》那样"记账式"的东西太可笑了。而且在内容上，《包法利夫人》又是多么丑恶。一个平平常常的有夫之妇徒因贪一点平平常常的肉体上的快乐——简直可说是按耐不住一时的欲火，做下了不忠实的事，然后不得不以一死来结果。没有高尚的理想、伟大的品格、轰轰烈烈的事故：这是多么"不雅"！

文学是永远和官厅作对头的。因为《包法利夫人》没有一个"高尚的理想"来遮盖包法利夫人的犯了淫罪的裸体，所以官厅的维持风化的铁手也就压到作者和出版者身上。可不是，写一些男女间的暧昧是小说中所不免的，然而却不许因为性欲而描写性欲。

福楼拜并不曾在这部"讨厌"的小说前写下几页或是几行的"序"；他并没表示"文学上的意见"。所以在各样的喧哗中，竟没有谁想到这《包法利夫人》便是文坛上大风暴前的一闪电光。

从首至尾，《包法利夫人》中间的人物都是平凡的，不可爱的，品性上有缺点的，或是不幸的。从首至尾，作者对于这些人物的塑像不曾打算移动过一毫一分。例如那位青年的包法利夫人，虽然她的本能的冲动极有危险性，但是在她那爱美的追求的呻吟中，在她那求觅"理想的"的憧憬中，在她那顽执地忠实于恋爱的浪漫的趣味中，都有着一些根芽，只要作者的笔锋稍稍一偏，立刻可以在这些根芽中发展出使人钦佩的"高贵的品性"，使这位不幸的包法利夫人成为不平凡的可爱的人。可是作者却吝于这笔锋的轻轻的一偏，他不愿意把他的人物"理想化"。同样的是那位丈夫包法利。虽然他是一个不高明的医生，不漂亮的男子，但是心软，有忍耐，正直，而且忠于他的老婆，所以他也有"被理想化"的可能。再者，自从夫人死后，这位医生变成了不可排解地烦闷而又要强自忘情；这种心绪，也只要作者的手指稍稍地加上灵妙的一捺，便可以把这位灰色的医生升华为高贵的人。然而作者也不肯。他的"爱真理"的心使他吝惜手指的一捺，只让他创作的泥像这样粗糙地不可爱地在那里。他使得包法利先生自始至终只是一位庸庸碌碌的好脾气的糊里糊涂的人。

自然这样灰色的庸人是真实的人生。巴黎文坛上也有几位是承认这一点的。可是他们只能承认福楼拜是一个照相师，却不是写实者。他们觉得写实者不是这样冷酷，不动心，而且如实地死板板地描写人生。并且在平心静气地研读以后，他们看出福楼拜的一切描写都集中于一个前提：人生的丑恶。他们又看出福楼拜所要表现的人生是：强有力的，然而苦辛。于是他们不禁这样喊：为什么不给我们一些甜的东西？他们盼望从福楼拜手上再产生一位"新的"包法利夫人，可是他们亦未始不惴惴然唯恐又是一位"苦味"的包法利夫人。

《包法利夫人》有一个中心：人生的丑恶。福楼拜用了完全不动心的客观态度去写这丑恶。虽然他后来曾说："当我写到包法利夫人吃毒药的一段，我的嘴里感到这样强烈的砒霜的滋味，以至接连有两天我不能吃东西。"他是这样全身心跑进了他自己的故事的，然而他对于人生的态度是完全不动情的客观态度。

包法利夫人爱玛是幻想极多的感情浮动的女子。她嫁了医生包法利时，打叠起无数美丽的空幻的梦想。然而她不久便觉得生活淡然无味。于是偶然遇见了一个青年莱昂，就又在这青年身上寄托她的美丽的梦想。这梦旋即又破了，莱昂也走了，爱玛无聊已极，则向珠宝商人处赊买珠宝，这也是一种刺戟。可是赊账总得还的，她没有钱，又舍不得珠宝。于是两种本能上的弱点会合起来，造成了她第二次的不贞。她和一个上门来诊病的罗多尔夫又勾上了，特到树林里去幽会。一度未足，她想常常幽会，于是罗多尔夫当她是色情狂者，也就丢开了她。这是爱玛所承受不了的。于是大病。病稍痊可，她和丈夫去里昂听音乐，不料又遇到了第一情人莱昂。这又惹起了她的老病。她偷出家去和莱昂续欢。于是不久又一度被弃。这当儿，珠宝账又逼得紧，她再找第二情人罗多尔夫，这可糟了，她的希望达不到，反受了侮辱。于是她只好吃砒霜了。她死后，她的丈夫知道了一切。他想想又恨，想想又爱，不久也死了。仅余的一个女儿进了工厂。

　　包法利夫人是脆弱的，色情狂的，贪婪的；福楼拜是认定了这些丑恶点写的。但是包法利夫人她那爱美的追求的呻吟中，那求觅理想的憧憬中，那顽固地忠实于恋爱的浪漫的趣味中，都有一些好的根芽，只要作者的笔锋稍稍一偏，未始不可以把这平凡、色情、叫人几乎作呕的女子弄成可爱一些，可以使人同情一时。然而福楼拜并不！所以他的态度虽然是纯客观的，但反过来看，他在客观中有主观，即他的着眼点只在丑恶。这和他早年的悲观思想（他早年得的神经衰弱病跟这有关系的）是有因果的。而从另一方面看，这也是工业资本主义的内在矛盾所造成的世纪末的心情在作家身上最早的反映。以后这样的作家在各国都有，而莫泊桑就是其中之一。

《西洋文学通论》《汉译西洋文学名著》

《父与子》

　　屠格涅夫是一个很优美的散文家，但不是一个很好的社会观察家。他思想上是巴枯宁主义者，而这，又指使着他的创作常常陷于观念的毛病。

　　《父与子》中间有两重的悲剧：一是"父"与"子"的冲突，又一是"父"的一代想要了解"子"的一代的思想而办不到。巴扎罗夫是一个乡下军医的独子，在大学毕了业，并没研究了诊人的病的医学，却满脑子是诊时代的病的"哲学"——虚无主义。这个青年到了同学阿尔卡狄的家里。这是个地主的家庭。阿尔卡狄的父亲尼古拉虽已老了，却想追随青年人的思想，要了解青年人。但是同在一家住的阿尔卡狄的伯父巴威尔却顽固得很，要拿自己的尺度去管理青年人的思想。但阿尔卡狄是比较柔顺的青年。所以"老年"和"青年"的冲突活剧由巴扎罗夫演了主角。于是由一幕恋爱的穿插，阿尔卡狄从思想转到恋爱，而巴扎罗夫也什么都忘了，把恋爱当作生活第一意义。他先恋爱了一个女子，不成功，又碰着尼古拉的年轻管家妇（实在是尼古拉的情人）也就恋上了。但这年青的管家妇除有正主儿的尼古拉以外，那位顽固的巴威尔也是久想染指的。因此在巴扎罗夫与巴威尔之间又发生了恋爱的冲突，终于决斗，巴威尔受了伤。巴扎罗夫此时却又遇见了他第一个初恋的女子，立即他就忘记了那管家妇，紧追这女子。结果又是失败。这位虚无主义者回到自己家里就害病了。他这病使得医学家的他的父亲也失望。然而即使不病，巴扎罗夫自知自己也是绝望的人了，因为恋爱失败，生活的意义也完了。他病中常喊那女子的名字。果然有一天那女子像天使般的来了时，巴扎罗夫已经不能开口了。这就是"父与子"冲突中"子"的收场。自然，"父"与"子"的冲突是一个大题目，但是《父与子》最有意义的还在巴扎罗夫这个典型人物的描写。想诊时代的病的巴扎罗夫终于什么也没有做，只在热病似的单方面的恋爱中颠倒。而他倒又用虚无主义来辩护他的行为。这实在把虚尤主义者的青年刻画得深刻极了。

《汉译西洋文学名著》

《罪与罚》

　　陀思妥耶夫斯基描写复杂的隐藏的心理变化是特长，他用了可惊的细腻和深刻显示出他那动荡时代下层社会的心理。他爱那些"被践踏者与被损害者"，他在他们的污秽的生活中找出灵魂的洁白，可是他并不是将他的人物来理想化。他这种倾向在《罪与罚》中间始成了确定，一直继续到最后的《卡拉马佐夫兄弟》。有点跟托尔斯泰把原始基督教教义来作为当时的罪恶时代的出路，而且由此造成了自己的乐观一样，陀思妥耶夫斯基是把"罪恶是灵魂净化所必要"这一"哲理"来支撑他自己的对于人生终极的乐观的。

　　《罪与罚》代表了他这样的思想。穷学生拉斯柯尔尼科夫为了母亲和姊姊的将要饿死，杀了他邻居的盘剥穷人的老婆子，并且正想拿她的钱来救自己的穷，那当儿，他忽然心上一震，就仓仓皇皇跑走了。他在杀那老婆子以前，他确信杀她是正当的。

然而见了血，他的思想就转了路，他明白是不过为了一二人（他的母姊）而杀死另一个"人"罢了。于是他的"他可以杀人"这一信念动摇了，他觉得是犯了罪了。而罪必得罚。他知道他不是超人，还是一个平常人。他精神上痛苦了许多时候，也做了无数噩梦，他矛盾了许多回数，结果从他这罪恶中却产生出一个"超人"的他来了。他去自首，他被充军到西伯利亚。在西伯利亚的苦工中他得了报偿——就是他的灵魂的净化或"复活"。犯罪而受罚是拉斯柯尔尼科夫所付的灵魂净化的代价。

在《罪与罚》中，陀思妥耶夫斯基对于现实的态度是二重性的。他一方面否认了人造的法律有裁制罪犯的权力——拉斯柯尔尼科夫的行为是超于善恶之外的，法律不配去制裁他，然而另一方面陀思妥耶夫斯基却又要借法律的手来实现拉斯柯尔尼科夫的"灵魂的净化"。否定了现存制度，然而又屈伏于现存制度之下，而又创造出一种神秘的"哲理"来调和这矛盾——这便是小市民知识分子的陀思妥耶夫斯基的思想。

《汉译西洋文学名著》

《战争与和平》

    《战争与和平》（War and Peace）在一八六五至一八六八年之间陆续发表。《战争与和平》——这一百万言的巨作，开头第一章就用彼得堡的上流社交界的背景把书中几个主要人物一一引上了场，把当时很紧张的欧洲政治关系从那"茶话会"的谈笑声中逗出来，并且把各人对于当时俄罗斯民族利害关系极大的"战争呢，还是和平？"——这一问题的态度和见解，也在那"茶话会"的谈笑中透露出来了。

    这开头第一章第一句就是用"茶话会"中间谈的形式说明了法国皇帝拿破仑第一和俄国"沙皇"亚历山大第一之间有了利害冲突。战争呢，还是和平？成为沙皇宫廷中尚未决定的问题，而开始了一百万言的《战争与和平》的第一语的安娜·巴芙洛芙娜·鲜勒尔——她是俄皇后的亲信女官，是那"茶话会"的主人，就是一位热心的主战派。

1926 年 1 月 2 日，茅盾
在开往广州的轮船上

　　作者大书特书那"茶话会"的时间是一八〇五年七月某夜。
这当儿，正是英俄奥密结同盟企图打倒拿破仑。

　　在《战争与和平》的最后一章，是一八一三年春末，"战争"
早已经过了好几次，而且最后一次的莫斯科近郊（七十英里远）
波罗底诺（Borodino）血战也已过去，甚至莫斯科的放弃，五日
夜莫斯科的大火也已过去了；在这最后一章，我们看见在第一章

中出现而且后来时时出现的全书的主角（请不要把一般小说中的主角看待他）皮埃尔似乎到底已经悟得了"人为什么而生存"，而且要开始他的新生活——作为他从新做人之表现的一项的，是他和娜塔莎的恋爱；她也是要"从新做人"的。

在《战争与和平》中，皮埃尔是一位富有博爱、自由、平等思想的贵家子弟，他渴望知道"人为何而生活"，但是，人生是什么？社会是什么？乃至当前的政治如何？他都是茫然的，而且未尝有过精密的研究和观察。直到拿破仑进攻莫斯科那时（一八一二年秋末，这位皮埃尔在俄国贵族的政治的社交的圈子里混了已经有七年了），皮埃尔被法军所俘，受了同被俘获而又因禁在一处的柏拉东·卡拉泰夫（Platón Karataév）的思想的感化，于是皮埃尔恍然于"人生之大路"了。

所以《战争与和平》中的皮埃尔是一个时时在发展中的"性格"。不但是皮埃尔如此，《战争与和平》中其他的重要人物，如娜塔莎和保尔康斯基（安德烈）等，也是如此。自然，皮埃尔所恍然大悟的道理是不是真正"人生之大路"，很成问题，然而一八〇五年七月某夜在安娜·巴芙洛芙娜·鲜勒尔家"茶话会"上第一次出现的皮埃尔，和一八一三年一月回到大火后的莫斯科的皮埃尔，显然是不同的；前者没有"定见"，后者已经有了"定见"。

《世界文学名著讲话》

《玩偶之家》

《玩偶之家》是讨论妇女在社会中家庭中的地位，而归结于个人主义之高于一切的。主人公娜拉的丈夫是银行职员，她一向是丈夫的柔顺的妻，被呼为小雀儿、小松鼠、小宝贝的。在丈夫海尔茂有一次害了重病，非到意大利去疗养不可的时候，娜拉曾经冒签了她父亲的名作保向一个海尔茂的朋友但却是阴险者流的柯洛克斯泰借了一笔钱。她这事不使丈夫知道，只在各方面省下钱来，又偷偷地在夜里做抄写工作，一点点凑起来陆续拨还本息。剧中故事开始的时候，正是海尔茂升任了银行经理，而且正因为柯洛克斯泰有假造契据的行为想把他撤职。柯洛克斯泰就以从前娜拉的冒签父名的借据为武器要挟娜拉在她丈夫面前说项，保全他的位置。这事使得娜拉为难。因为她如果不将原委说明，则海尔茂一定不肯让柯洛克斯泰仍旧供职，而说明呢，则她尚有点不敢。后来终于她说明了。她以为丈夫一定安慰她，并且把责任放在自己肩上。不料相反，丈夫骂她无知识，道德上有问题，甚至说，小孩子放在她手里教育，也有点不放心了。于是娜拉觉悟她自己一向从没做过自己的人，幼时是父亲的小雀儿（玩意儿），现在是丈夫的小雀儿。她决心离开家庭，做她自己的人。

《汉译西洋文学名著》

《鲁贡·玛卡一家人的
自然史和社会史》

    自然主义文学的重镇是《鲁贡·玛卡一家人的自然史和社会史》(Les Rougon Macquart)。这是左拉二十余年精力的结晶。

    在十九世纪后半的欧洲文坛上，没有第二部书更惹起广大的注意和嘈杂的批评如《鲁贡·玛卡家族》了。即使是反对自然主义的批评家也不能不承认《鲁贡·玛卡家族》这二十卷巨著是文学史上空前的"杰作"，直到现在还没有可与并论的作品出世。在这部大著作内，左拉不但应用了近代科学的遗传论的理论，作为全书的骨干，并且又恰当地挑选了"第二帝政"时代的社会各方面都在转换（资本主义发达到全盛）的法国作为全书的背景，企图对人生的各面作一极精密的分析和极露骨的表白。从一八六九年起，他就着手实现他这计划，亘二十二年之久始告成功。这二十二年的工作是一个整的计划；我们看见一棵"遗传的树"从第一卷发芽抽条，直到笼罩了全社会；我们在这一棵"遗传的树"上看见了当时社会中应有尽有的一切人物：卑鄙狠毒的官僚政客、伪善的教士、被压迫的劳动者、原始的贪狠的农民、颠倒万人的娼妓、投机的商人、艺术家、新闻记者、银行家、医生；然而这一切"荣辱判异"而又"智愚天渊"的人物，原来都是从一个神经病的女子和一个堕落的酒鬼——这棵"遗传的树"上苞发的枝条。无论这些人物的个性有怎样不同，才能有怎样差异，境遇有怎样雪泥之别，然而他们都分有了遗传的恶根性。人类如果不灭，这鲁贡·玛卡家族的遗传的恶根性也一定不能消灭；这部大著作的最后一卷是作了这样的结论的。

《汉译西洋文学名著》

《娜娜》

《娜娜》的主人公娜娜就是安东尼·玛卡的外甥女。娜娜的母亲十四岁就偷汉子怀了孕，被家里人逐出，同情人到了巴黎，后来又被弃，又再嫁，过着地狱似的生活。娜娜从小就不知道有父母，她的父亲是谁，即使她的母亲恐怕也不明白；从小就是街头的女孩子，很早就过着暗娼的生活。下等酒店（她的母亲就是那本《小酒店》的主角）是她活动的场所，也在马路角拉客。可是有一天忽然被一个戏院经理所注意，弄她去做女伶。戏院经理知道她的嗓子不行，演剧的技能也不行，然而中意了她的泼辣风骚和迷人的肉体，因为他正要排演一出新戏，饰主角"爱神"的须得半裸体上台。经理的眼光果然不错，娜娜第一夜上台就博了满场的喝采。当夜就有一个银行家长期包定了她。然而她不是一个男子能够包定的，一个男人不能使她满足。就在银行家包她的一晚，她还暗中接了另外两个。她的用费极大。她的性欲也是极厉害。她又胆大。她以诱惑了男子到她厌倦时再丢开他为快乐。银行家供给她不起，被她轰走，立刻有一个向来规矩出名的伯爵补了缺。但是伯爵的钱虽能满足她，伯爵却不能满足她的性欲。她毫无顾忌地和别的男子随便发生肉体关系。有一时她恋着同戏院内一个丑角（她恋着男子，这是仅有的一次），于是轰走了伯爵，戏也不唱了，和这丑角同居，似乎存心从此要做良妻了；她屏除了奢华，拒绝了她的旧日的大姐的诱劝，并且忍受了那丑角的虐待，她只求那丑角不丢掉她。从前她施于男子身上的手段，现在她竟亲身从丑角那里受到。然而她也不怨。后来她的钱都用完了，丑角虽则有钱，却仍要她养活，于是她不得不在丑角去演戏的时候又在街角拉客人，二三十法郎她就可以卖给人家一度。她为此几乎被警察捉去。然而她甘愿。直到有一夜她照例弄到了次日的伙食费匆匆回家要孝敬那丑角的时候，竟被赶出来（因为丑角公然挟他的新欢宿在她的床上了），她这才断了一片痴心。于是她再操旧业，先前被她轰走的伯爵又服服帖帖来做她的老斗[①]，并且接受了她所提出的奇酷的条件。这一回唱戏，却是失败；她就不再唱戏。她将伯爵变卖家产来给她的钱买了大房子，铺置得和王宫一般，她是这房子的女主人，她不许伯爵随时来，也不许他多来。她这样腾挪出时间来献身给任何肯化钱的男子——她把这作为她那巨大花费的补贴。她有时也不为钱而为纵乐的缘故与别的男子发生关系。甚至她在楼上看

---

① 老斗：即妓女的常客或包身人。

见街上走过的男子倘有她忽然中意的，她就招了他进来作半小时的淫乐。伯爵为她破产，青年的兄弟俩一个为她而自杀，一个为她而盗用公款，事发下狱。这两件事，使她不得不离开巴黎。人家听说她出了法国，有时和什么百万富翁有关系，有时又和什么俄罗斯的贵族，好像她愈淫乱则追求她的人愈多愈狂热似的。然后忽然她又回到巴黎，那正是普法战争的前夜，她悄悄进了医院，穷得很，而且染了恶疾，命在旦夕。冤桶①的伯爵到医院里去看她时，她正当弥留，已经不能开口，脸毁坏得像活鬼。在她病室窗外的街上，法国军队正在开赴前线，一阵阵地高呼："到柏林！到柏林！"就在这呼声中，颠倒过无数男子的娜娜死了！

《汉译西洋文学名著》

————————

① 冤桶：即冤大头，为他人（多指妓女或情人）枉费金钱、人力、物力的人。

《复活》

　　《复活》，据说也有托尔斯泰少年生活的影写在内。从全体上说，这是托尔斯泰精神生活历程的象征的作品。主人公聂赫留朵夫年轻做武官的时候，曾在偶然过访的姑母家里诱惑了一个年青美貌的使女卡秋莎；她原是好人家女儿，不过孤苦，在老夫人那边陪伴老夫人，且是在老夫人家长大了的。少年军官的聂赫留朵夫原不过满足一时的兽欲冲动，事后他到军队里去了，把这短时间的情人忘得精打光了。但是卡秋莎却就此怀了孕，事发被主人逐出，就此开始堕落。过了七年的娼妓生活，已经是没有灵魂的人，却又因偷了狎客的钱，且犯有毒毙狎客的嫌疑被解到法庭，不料从前做了她堕落之根因的聂赫留朵夫恰正做了陪审官，高坐堂皇，还认得这阶下囚就是从前可爱的卡秋莎（做娼妓的她已经换了名字），一时就来了良心的责备。

　　聂赫留朵夫为要减轻灵魂上的重荷，力主这女犯无罪。但是他的同僚不答应。他又到牢里探视卡秋莎，在她面前自白他的罪过。但是失去了灵魂的卡秋莎已经不是从前的卡秋莎了，她的感情已经麻木，她只有对任何男子献媚求利的习惯，现在她亦同样地对付着掏出良心来给她看的聂赫留朵夫。凄惨生活的磨折已使她完全忘记了从前的事，便是回忆起来也等于她无数的出卖肉体活剧中的一幕而已。这使得聂赫留朵夫非常痛苦。他明白知道从前的天真纯洁的卡秋莎已经实际上不存在了，然而他决心要救这没有了灵魂的顶着玛丝洛娃名字的堕落到不可救药的女子。他要救她出牢和她结婚。

他经过了灵魂上的痛苦的挣扎，这才能把自己灵魂净化，立定主意走新的生活的路。

他请了律师给卡秋莎辩护，他又预备请愿书，求皇帝特赦这卡秋莎。他用尽了他的力量，但是卡秋莎终于被判决充军到西伯利亚做苦工。聂赫留朵夫又经过了绝大的自我斗争，终于毅然丢掉了贵族的地位和财产，单身跟卡秋莎一伙的囚犯同往冰天雪地的西伯利亚做苦工。

但是卡秋莎最初对于聂赫留朵夫的行为是不了解的。她以惯习的对付狎客的虚伪狡诈对待聂赫留朵夫的真情。她以恶骂回答聂赫留朵夫含着眼泪说的他决定要毁家荡产弄她出牢并且正式和她结婚。她以为聂赫留朵夫是恐怕自己灵魂入地狱所以如此，所以也还是自私。不错，聂赫留朵夫相信只有卡秋莎灵魂得救然后他自己的灵魂也得救，所以也好像还是自私，但他这自私已经成了博大的基督殉道似的精神，他是这样确信着的。

于是在赴西伯利亚的途中，卡秋莎固然又回复到当初的纯净的卡秋莎。她不再是感情麻木没有灵魂的人了。她和同行中一个政治犯有了爱情。明白了这一点的聂赫留朵夫就抛弃了最初的想和她结婚的念头。并且把保护卡秋莎的责任托给那政治犯，他就决心要再为卡秋莎以外无数苦恼人的幸福把自己牺牲。他要把原始的基督教教义还原过来引导人类走上得救的幸福的路。

《复活》就是这样充满了说教的精神，社会意义自然不及《战争与和平》那么大了。

《汉译西洋文学名著》

第四辑：与时代巨匠对话

1919年，茅盾和沈泽民在家乡乌镇

骑士文学

罗马帝国不是一天造成的，所以也不是一天内灭亡。实在是当它做了"全世界的治理者"的那时候起，就是当"罗马帝国"形成的时候起，便开始走向灭亡的路。因为那时候，罗马强盛的基础的"自由的农民阶级"都被长久的战争和苛捐杂税所毁坏了。从征回来的农民只好变成了乞丐，也有些受雇于有钱的地主，变成"农奴"，成为他所耕种的土地上的一部分，和田地上的树木牛马一样。还有更多的奴隶，都是从战地掠来，或是在当时的奴隶市场买来，那也是和牛马同样地只是主人的一件东西。靠了这些农奴和奴隶的血汗劳作，罗马的支配阶级得到了一切所需要，只有一件却没有了；当第四世纪，匈人向南移走，逼迫高斯人不得不进攻罗马的时候，罗马的支配阶级这才看见已经没有人肯起来拼命保护"他们的"祖国了。于是就在北方蛮族的进进出出的攻掠中，罗马渐渐地灭亡了。

1980 年，
茅盾在家中写作

　　三四百年中，欧洲西部落于蛮族之手，所盛行的不外乎杀戮、战争、放火与劫掠。在这丧乱之世，欧洲人觉得活着是受苦。便起首信仰拿撒勒木匠①的儿子所说的什么"福音"了。这基督教的势力很快地在非人生活的奴隶阶级中扩展开来，并且在蛮族中间也有了根了。到第七世纪时，基督教成为欧洲最大的精神的力

────────────

① 　拿撒勒木匠：即耶稣的父亲，圣母玛利亚的丈夫约瑟。

量。然而也就在那时，回回教的阿拉伯人来侵攻了。回教徒差不
多征服了全欧洲西部，七三二年被打败了，方才只占据着西班牙。
那时候，基督教方面的胜者，便是法兰克族的酋长。以后的法兰
克的"皇帝"勉强将欧洲西半边组成一个单一的国家，但到十世
纪，又四分五裂，成为无数小国了。这时欧洲便成了一个军营，
并且到处是"边疆"。中欧地方是许多小的侯国，每一个侯国有
一个公爵、伯爵、男爵，或大僧正，作为治理者；这些侯国组织
成为战争的单位，永远在互相攻打。这些侯国的治理者有一些小
贵族做帮手，便是所谓"骑士"。这些骑士的事情就是保护他的
"国王"的利益和"教会"的利益。他们中间大概有些很勇敢的
人。他们的誓言是：忠君，忠教，行侠。

中世纪的那无数的封建诸侯——他们的国境有时小到比我们
现在一个小县还要小——的国家，就植根在这"骑士制度"之
上。"骑士"成为一阶级，成为当时的封建制度的支撑阶级，他
们保护各封建小国的可怜的百姓不使受别人的劫掠而只受他们的
榨取。

由这个特殊的很有力的"骑士阶级"就产生出了"骑士文学"。

《西洋文学通论》

文艺复兴

正当罗马帝国衰落的时候，基督教的"福音"钻进了当时那些农奴和奴隶的心里去，使那些可怜人一心只想离开这尘世，到天国里，他们并不想在地上这世间享受幸福，他们所有的思想与精力都聚集在未来的天堂上的美满的生活。实在当时的世界也并不可恋；罗马帝国覆亡以后，这个世界是在几千个封建诸侯手里，天天打仗，没有安宁。

现在情形可有点不同了。十字军过后，是一个商业上的大活动，许多都市又成立了。意大利的威尼斯、佛罗伦萨、热那亚，都因为地位关系，兴起了很大的商业，城里住满了新富人。在欧洲西北部，也兴起了一百多个自由都市，他们自己设立了一个保护同盟，自己组织一队海军，为的是防备海盗或是英国和丹麦的王来干涉他们的权利。

这些商人阶级的势力一天一天发展，他们要求封建诸侯抛弃祖传的"神圣权利"，他们又想到从前希腊罗马民主政治时代自由市民的生活。他们因为有钱，而且人数也不少，所以他们的目的也慢慢地达到。在西班牙，在日耳曼，在斯堪的纳维亚、瑞士、荷兰，自由市民——那时有钱的商人阶级，对于政治上渐有发言权。至于在威尼斯、佛罗伦萨，已经完全由有钱的几个商人管理那都市了。

这些事情就发生了一种新的心理状态：毕竟地上的世界也还可乐，应该在地上建设起乐园来，何必因为你总有一天一定要死，因而便一生哭丧着脸，穿肮脏的破衣服，他们开始要求生活的快乐了。就是这种心理状态造成了我们现在称为"文艺复兴"这潮流。

现在住在意大利靴子的许多小都市里的有钱的人民都思慕起古代罗马帝国的快乐的生活来了。美丽的古代的雕像，古代建筑的遗址，都还有些存留着，它们都是古代罗马人建造的。他们是强壮、富裕，而且美丽。自然他们不是基督徒，死后未必能够进天堂，但是毕竟人只能活一次，能够生在像罗马古时那样的世界已经是天堂了。只为现在的生存的快乐享受些幸福罢！这就是当初充满在意大利许多小都市中的精神。

古时那些暂得优闲的人们便发狂地要找出古代罗马世界的美丽来，罗马的文化是从希腊承继下来的，于是便发狂地又要复活那久埋沉的希腊文化。

《西洋文学通论》

古典主义

"文艺复兴"这潮流，成为了泛滥全欧洲的不可抗的洪水时，便发生了一个现象，就是文艺跟着满满的钱袋走！

上面已经说过，漂泊的但丁很可以随便游他的地狱，但只能在有钱的施主们的桌子边吃点面包屑。"情热"的彼特拉克已经体面些了，但还不及薄伽丘那样得意。到十六七世纪，情形更不同了。辉煌的金"杜开"（钱币名）的堆旁就有文艺！因为这些金钱的所有者不是一模一样的，所以那时的文艺也各有特殊的风味。这在绘画一方面表现得异常明晰的。

在西班牙，就有专画宫廷中的侏儒、皇家的绣花帐的织造、各种的国王、和宫廷有关系的人，等等的画家委拉斯凯兹（Velasquez）；可是在荷兰的伦勃郎（Rembrandt）和维米尔（Vermeer）的名画的题材却又是商人家中的货栈，不很美丽的老板娘娘、顽强的小少爷，以及那些使他们发财的船舶。在意大利，艺术的最大的恩主是教皇，所以拉斐尔（Raphael）和米开朗基罗（Michelangelo）还是画圣母和圣僧的像。法国英国的画家都画一些政府里的要人，和那时在宫廷里有势力的美妇人，因为在英国，贵族极富，又有势力，而在法国则国王还是神圣的最高者。

至于在文学的各部门，因了印刷术的发明，小说也进步了；戏剧也流行了；自然都是满足钱袋的主人的嗜好。但那时的文学却又被一种奇怪的却又好像是很自然的心理支配着，直到成为巨大的势力。

这就是从"文艺复兴"以后直到十八世纪末的所谓"古典主义"。

古典主义是怎样的一种理论呢？最粗浅的说法便是：模仿古代希腊、罗马的文学，务以近"古"为事。更详明地说，便是注重了形式上的技巧，所谓匀整、统一、明晰。而这"匀整、统一、明晰"却又仅仅在希腊罗马的"古典"作品中去寻求一定的规律。所以严格地说来，"古典主义"不能算是一种理论，也不是一种运动。

《西洋文学通论》

浪漫主义

和古典主义相反，浪漫主义是一种思潮，是一种有意的运动。

浪漫主义（Romanticism）是对于古典主义的反抗。是相应着资产阶级德谟克拉西而起的一种文艺上的运动。因此，虽然早在十八世纪末，德国和英国已经有反古典主义的文学出现，然而非到法国大革命后的十九世纪的三十年代，浪漫主义不能以固定的形式及横厉无前的气概，冲激了全欧洲的文坛。

现在我们先来看一看浪漫主义所反抗所要求的是一些什么。

古典主义是因袭的、保守的，抱定了希腊、罗马的古典作品，视为不可或移的典则；浪漫主义则尊重自由，要打破那些束缚个人自由的典则。古典主义专事摹拟，一拟，再拟，三拟，专在古人的范围内跌筋斗，浪漫主义就是要打破这摹拟，而专尊重独创。古典主义重文字上的雕琢修饰，专心于外形的技巧，流成为内容的空浮不切实；浪漫主义则注重内容，打破那形式的桎梏。古典主义是冷的理智的，浪漫主义则为情热的理想的。这四者，就是两方面的大界线。

浪漫主义文学在成熟后，更增加两个特色。一是自我主义的个性解放，一是避免平凡而力求瑰丽。古典主义既然笼罩在冷酷的合理主义之下，就不能自由地表现"自我"，并且连感情的自由奔放也不许的；浪漫主义因为是反抗这种束缚，结果就成为自我主义的个性解放。浪漫派的作家，差不多都有这么一个观念：自我的表现总是好的，个性的解放无论如何是合理的；我爱这么说，是我个人的自由，有人不舒服么？那却怪不得我，这是我的个性，个性是神圣的。这是一面。至于力求免避平凡而宗尚瑰奇，也是为反抗古典主义的平凡而来。古典主义把题材限于古代的神话传奇，结果反倒弄成了平凡；浪漫主义者赞美鲜明的色彩、狂放的情热、异域的情调，却造出了不平凡。可是后来专以不平凡为务，又成为离开了现实而专写蜃楼海市的不平凡了。这和自我主义的个性解放同样地蹈入了绝地。

总之，浪漫主义在根柢上是一种个人主义的艺术；这是应合于十九世纪成为支配者的资产阶级的个人主义自由竞争的经济组织。浪漫主义又是渴慕着"伟大""超凡""瑰丽"；这也说明了那时候新得政权的资产阶级的气势。

《西洋文学通论》

苏格拉底

虽然苏格拉底（Socrates，前 468—前 399）并没留下著作，可是希腊人的知识很受了他的哲学的影响，希腊所产生的最伟大的文学天才都因和他交际而受到了益处。苏格拉底是用了谈话的方法，用了发问的方法，使他的弟子自觉其浅陋，自悟应该得些更扩大的见解的必要。这发问的方法是科学的，后世所谓"辩证法"即以此为嚆矢。他这方法的题材是借论理观念以批评政治。他以为人的责任在一方是道德的个人而同时又是社会中的一员。苏格拉底以后，至少有十个学派都自承为继承苏格拉底者，但是每派实在只保有着不完全的苏格拉底哲学。苏格拉底的正统思想，可说是一传于柏拉图而再传于亚里士多德。

从苏格拉底所说的德性依于知识的理论，墨伽拉（Megara）的欧克莱特（Euclides）主张道德哲学须从属于辩证的推理及论理的修练：是为墨伽拉派。又从苏格拉底之德性与幸福之联系说，居勒尼（Cyrene）的阿里斯提波（Aristippus）主张人生及至善的最高目的就是愉快：因以创成了居勒尼派；而从同一的苏格拉底的理论出发，安提西尼（Antistnenes）创立"犬儒派哲学"，以屏斥一切外染为德性之至境，因而非但不顾一切快乐、富贵、名誉，且独立于任何人生的及社会的制裁以外。这一派的最有名的从者是锡诺帕（Sinope）的第欧根尼（Diogenes）；他和他的先生安提西尼一样，常穿褴褛的衣服，囚首垢面，和乞丐仿佛；而这过分的自己刻苦，也是从苏格拉底的所说从安提西尼的袍子的破洞中看见了幻美这话引申出来的。

《希腊文学 ABC》

柏拉图

柏拉图（Plato）是苏格拉底弟子中间唯一的能够代表苏格拉底全部思想之一人。赖有他的热烈而华贵的文词以精确洞达的理解，我们始得见苏格拉底哲学的全形。在十九岁时，柏拉图就为苏格拉底的弟子，直到这位大哲人被毒死在监中时为止。以后，柏拉图游历了小亚细亚、埃及、意大利和西西里，研究当时所有的各派哲学。晚年他公开讲演哲学。是在 Academia 园中讲的，所以就算讲学机关为 Academy（柏拉图学园）了。柏拉图的哲学中的最重要元素，自然无疑地是苏格拉底和毕达哥拉斯的学说，然而柏拉图能吸收一切学派的思想，溶化而成为他自己的东西，他是精通了当时各派的哲学的。他用了对话的形式，借美丽显豁的文笔，作戏曲似的，批评了当时在希腊流行的各派哲学。他的著作可分为三类：第一，初步问答，即包含了他的哲学的基本知识的作品，用论理学为工具，而以理想为正目的；第二，进一步的问答，讲到哲学和常识之区别，以及在伦理、物理学等方面之实用；第三，结论的问答，在这里，理论与实际完全合一了，附录有法律、信札等等。

柏拉图哲学的基本原理是相信有万物之根源的永久不灭而无所不在的一物。从这神圣之一物化生的，不但有不灭的人类的灵魂，且有宇宙间一切有生与无生。我们的视觉听觉等等感官所感得的物质的客观，不过是此神圣一物之急速的放射。真实地存在的，只此神圣的一物。诸凡感官所感得的客观现象只是现形于吾人意识（神圣的一物）中之幻形而已。因此柏拉图以为一切知识都是"内在的"即在未生以前早就存在于灵魂中的，因而吾人一切在此世界的思想观念不过是一种回忆。他的政治思想见于他的《理想国》及《法律》二书。

就文章而言，柏拉图的作风在各方面看来都是值得赞美的。亚里士多德称赞柏拉图的问答体文章是异常警辟，眩目地漂亮，胆大独创的，而且异样地精密透澈。柏拉图的想象力也很好，他实在具有诗人的天才的，特别是戏曲的诗人的天才，所以即使他的哲学到今已不足贵，那么，他的文学天才是永远不会被人忽视的。

《希腊文学 ABC》

亚里士多德

　　亚里士多德（Aristotle，前384—前322）在人类思想史上所占的地位并不下于其师柏拉图，而他的文艺批评则胜于柏拉图（他虽然是上好的诗人，却没有对于文艺的批评）。亚里士多德是马其顿人，幼年就到雅典，从柏拉图受业，柏拉图曾称他是他的学校的灵魂。后来马其顿国王腓力二世聘请亚里士多德去做十三岁的亚历山大王子的师傅。三年以后，亚里士多德再回到雅典，设一学校名为 Lyceum（亚里士多德学园），他的大部分的著作也是在这时候作的。亚历山大践位后，对于这位师傅曾尽力帮助。亚历山大死后，亚里士多德被控渎神之罪，因恐蹈苏格拉底的厄运，亚里士多德就亡命于哈尔基斯（Chalcis），后来死于该地。

　　只把亚里士多德的著作目录看一下，我们就惊异着他的知识范围之广阔了。他的著作差不多就是一部百科全书。他是每种科学的第一个科学的研究者，他又精通当时所有的各派哲学理论。他的著作所讨论到的，遍及于自然现象、伦理、政治、哲学、历史、修辞学及文艺批评。他的最大的贡献是论理学。由苏格拉底及柏拉图所创始的这门学问，在亚里士多德手里就发达到完成。他的《诗学》是世界第一部文艺批评。我们对于希腊悲剧的基本的意见都有赖于这本《诗学》，可惜关于希腊喜剧的一部分今已不传。

《希腊文学 ABC》

吕西亚斯和伊索克拉底

　　在群众面前讲演是当时希腊各地都通行的现象，但因只有雅典的雄辩家的演说词流传至今，所以我们不妨假定雄辩这专门本领只是在雅典达到了最高度的完成。配立克尔的演说词今已不存，仅留有他的警句若干散见于古代希腊文人的征引；但是配立克尔演说词之堂皇的体裁，却久被希腊所称许，因此我们尚可从各方的赞美中想见其风格。配立克尔演说的唯一目的是使人起信，他并不从热情方面用了煽动的字句，也不用后来的雄辩家所常用的挑逗感情的手段。他的态度是平静的，脸色不变如平时；他没有激昂的手势，他的声调是清晰而平衡。他决不用诙谐的语句来博取听者的欢心，他总是诚恳庄重的。虽然他的演说是理智的成分多而想象的成分少，然而他能够用恰好的比喻使听得的印象很深；例如在一次公葬战死的三百青年战士的演说，他用了这样一句美丽的比喻："一年中的春光已经失去。"

　　雅典人的雄辩术的精进是由两方面造成的：一是像配立克尔那样的政治家的天生的口才，二是诡辩派的修辞学的研究。诡辩派是以出售知识为职业的，无论何人只要愿意受他们的指导，他们就把应用语言文字的技术教给他。据说他们首先开例用知识来换取金钱，人们可以纳费听他们的讲演，也可以从他们专习某种知识。用这方法，他们的门徒云集，所得的金钱比任何从事于科学或艺术的希腊人为多。可是他们并不是什么哲学的学派。他们能够将同一事实或理论作相反对的两方面的辩论而同样地看起来都有理，都能动人。他们只是玩弄文字的把戏，并不探求真理。可是单就促进文字的应用技术而言，他们的功绩亦未可厚非。他们的目的是文字研究；他们专注意于文体之正确与美丽，因而他们实为柏拉图及德摩斯梯尼的整洁的文体安了基石的。他们以为雄辩家的唯一目的是转变听众的头脑使有利于自己；因而，修辞学便是诱劝人的艺术，是一切艺术的艺术，因为修辞学家能够将任何题目都说得很好而使人信仰，即使他本人对于该题并无正确的知识。

　　决定了雅典的沦落的伯罗奔尼撒战役，接着是一个精疲力尽的停顿的时期。美术的进步受到了顿挫，诗歌堕落而成为空浮夸大。但是即在此时期，散文文学却开了新纪元，一路而下至于最完美的发展。

　　吕西亚斯（Lysias）和伊索克拉底（Isocrates），从各方面将新的形式引入到老的散文文体里，使雄辩术放了新光彩。当五十岁时，吕西亚斯赶着当时的风尚，也来靠着替私人撰讼词这生意来过活了；因为他的主顾都没有说话的技巧的，所以吕西亚斯不能不把他的捉刀的讼词做得极朴质平易，因而他就创造了新的文体，到后来竟成为定式。结果，是在当时以及在后代，吕西亚斯俨然是平易文体的首创者和模范。他所著名的叙述的一部分，总是自然的，有兴趣的，而且泼剌剌地，异常能够给人以真实的印象。关于举证及驳难方面，又是奇异地明晰而痛快，简直使人无置疑之余地；一言以蔽之，他的说词简直是非得同情不可的那样恰当而有力。他的许多辩难文字至今尚存有三十五篇。

《希腊文学 ABC》

德摩斯梯尼

德摩斯梯尼（Demosthenes，前384—前322）被称为希腊最伟大的雄辩家，然而他的天生的体格是不宜于做雄辩家的。他的身体瘦弱，嗓音低细，害羞，常有手足无措之态——总之，他是在稠人广众之中说几句话也好像不能够的那样一位貌不惊人的脚色。但是他的野心与坚忍战胜了这一切天生的弱点。他学跑，以强健其躯体；他上山时独自大声说话，又对怒号的海水高呼，以调练他的嗓子；他对大镜子纠正自己的不好看的举止；他含沙粒于口中以校正他的发音。他的词锋不热烈而无力，他则以勤勉的预备来补救，且默诵大雄辩家的最好的演说词以为观摩。就用了这些方法，他自己造成为雄辩家，且为他的敌人承认为最伟大的雄辩家了。他的各种公私演说词今尚存者，都共六十一篇。他的最著名的演说词是关于马其顿的腓力二世的十二篇。他的雄辩的特点在能应用当时的通俗话语。他用苦心练字练句，务使简练有力，因此他的一句用平常字眼构成的短句就有雷击一样的力量使听者震动。他的演说词里从来没有抽象的理论，更没有什么深奥的观察，或辽远地对于未来的想象，他只是罗举许多人人都知道的眼前的事，用批判的口吻说出来。在这些语句中间，他杂以最动人的声诉，是直攻听众的心的感情的声诉，一定激起群众的狂热，跟着他走。这些特点就是这位大雄辩家的主要的光荣。

《希腊文学 ABC》

莎士比亚

莎士比亚出身贫贱，二十二岁到伦敦，在剧院里做一个"跑龙套"。后又为该戏院修改古代剧本，终乃以他的作品上演。虽然他的作品大多数取材于古来的传说，但是他很勇敢地打破了古来的"三一律"，只有一篇《暴风雨》(Tempest)是例外。又从来悲剧的主人公不能不用历史的人物，莎士比亚亦然，但是他给这些历史人物都安上一颗现代的心，所以如《哈姆雷特》(Hamlet)到现在还是有生气。这一篇剧本是依据了古来的传说，叙丹麦皇子复仇的故事。哈姆雷特的父亲被谋杀后，从坟墓里出来，把"复仇"的责任付托给哈姆雷特。可是"怀疑成性"的哈姆雷特却犹豫不决，思前顾后，只在心里痛苦着，最后因偶然的缘故，总算报了仇，可是只能说本非出于他的本心了。哈雷姆特是人性的一种典型的描写。他永久厌倦这世界，但又永久恋着不舍得死；他以个人为本位，但是他对自己也是怀疑的；他永久想履行应尽的本分，却又永久没有勇气，于是又在永久地自己谴责。

直到现在，研究解释《哈姆雷特》的著作也可以自成一图书馆。

《哈姆雷特》的第一版和《堂吉诃德》的第一部是同在一六〇五年出来的。这是历史的巧合。在古典主义的氛围中，这两部书同样是超时代的，却又表示了不同的两种性格。

《西洋文学通论》

莫里哀

莫里哀（Moliére）却不是悲剧家，而是当时的独一无二的喜剧家。他的真名姓是 Jean Baptiste Poquelin。他早年过的是漂泊生涯，带了他的一班叫化子似的"演剧同志"在江湖上乱跑。后来因得路易十四的赏识，他的叫化子剧团也升为"皇家剧团"，他的生活方才安定些，然而"笔墨官司"也就来了。他的《太太学堂》引起了辩论的风波，延长了好几年。后来在演他自己的《没病找病》时，在台上忽然气闭，抬回去便死了。

他是个伟大的讽刺家，他的笔尖扫射到社会的各方面。在《可笑的女才子》内，他讽刺一班爱好文艺的太太们；在《伪君子》内，他痛揭出伪君子的丑态；在《没病找病》，他讥笑医生。可是他自己会死在"想象的病"上，却也是不料的。

《西洋文学通论》

歌德与席勒

　　一七七四年，歌德发表了他的《少年维特之烦恼》，便和《铁手骑士葛兹·冯·贝利欣根》的气味有点不同了。少年维特不是活动的，是被动的；不是巨人式的，却是脆弱。世界和他不合宜，他迁就屈伏了，并没想将世界来改造。在这部小说里，只有很少的 Sturm（暴风雨），和更少的 Drang（突进），反是感伤而且彷徨。接着，在《少年维特之烦恼》发表后的翌年冬，魏玛（Weimar）大公国来请歌德去做官了。于是更不宜提起什么 Sturm und Drang 了。从前《浮士德》第一卷的初稿现在要谨慎将事修改后再问世。同时，古典的剧本《伊菲格涅亚在陶里斯》（Iphigenie auf Tauris）及《托夸多·塔索》（Torquato Tasso）却做成了。"狂飚社"的歌德，用一句现在通行的话，是反动了，没落了。于是在十年"为政"以后，他要到意大利去游历，吸点新鲜空气，开拓一下胸襟。但是无论如何，他已经不是从前的歌德了。他不得不向古代罗马的遗迹"屈膝"！回到了魏玛时，歌德觉得什么都不对，尤其使他惊讶的是文坛上还在对席勒的《强盗》喝采。

席勒（Tohann Friedrick Schiller）以"革命"文学家开始也不是没有理由的。他的本乡有专制的大公设立一陆军学校，强迫老席勒送儿子去受军事训练。那位大公的法律是很严的，他的臣民的职业和学业，都得他来干涉。这种严厉的压制，就酝酿了席勒的反抗精神。《强盗》一剧在一七八一年不署名出版，立刻震动了读者界，翌年上演又大成功，于是席勒安心要做一个"革命"的文学家了。可是那时"狂飚"的气焰已过，主要人的歌德已经脱离战线去做官。席勒却还是死守着"狂飚"的精神，他的《唐·卡洛斯》（Don Carlos）还有些革命色彩。可是因为做这一篇，席勒开始钻动到西班牙历史的研究。后来竟作了一篇很有"教授风"的历史，因此歌德就保荐他到耶拿（Jena）大学当历史教授。从此以后，这位"革命"的诗人也完了；他陆续又发表了许多作品，却都是谈哲学，他变成了"诗哲"。

所以德意志的"狂飚突进"时代的两位大诗人都是有始无终的。歌德复又投入"古典"的怀抱，席勒则变成"诗哲"，和古典主义也就相差不远。这一次的"狂飚"只算和古典主义作一次斥堠战，并没动撼了古典主义的老营盘。

《西洋文学通论》

拜伦、雪莱和济慈

现在英国的诗坛，达到了浪漫主义的最高点了。三位代表诗人就是拜伦（George Gordon Lord Byron）、雪莱（Percy Pysshe Shelley），和济慈（John Keats），是三个好朋友。

正与"湖畔诗人"的三位各有各的作风一样，拜伦、雪莱、济慈三人的作风也不是一般的。拜伦是最富于热情的一位，他的作品富有如烈火似的反抗的破坏的精神，然而在他方面又非常抑悒哀伤。这两种调子混合在一处，使他的作品有非凡的魅力。奔放的热情和大胆的呼号，加以他的浪漫不羁的行动，便使他不能见容于爱保守重实际的故乡，他的伟大的影响反在欧洲大陆方面。法国浪漫主义爆发的时候，拜伦便是很受崇拜的一人。至于雪莱呢，他有的是缥渺的神韵和玲珑的情调；他不及拜伦那样富于刺激性，然而他能够钻入你心里，有深长隽永的回味。如果说拜伦是"史诗的"，那么，雪莱是

"抒情诗的"。济慈被称为"薄命诗人"的，便充满了幽怨缠绵的调子，在心的最深处感动了你。

这三位共同将古典主义的棺材落下深黑的墓穴，永远埋葬了它。

拜伦的生平，和他的诗一样，充满了反抗、豪侠。他要发泄他的革命的热情，帮助希腊的革命，亲身投入戎行，不幸尚未亲见希腊的自由，他便死在梅索朗吉昂（Missolonghi）——这希腊的光荣的争自由的城市！那时拜伦只有三十六岁。他的作品，如《海盗》（The Corsair）在一八一四年一月出版，正当国内物议沸腾，一齐向他攻击的时候。这是一篇叙事诗，海盗康拉特是一个高尚纯洁的理想的人物，因不满于社会的黑暗，愤而为盗。他本想扶良济贫，"替天行道"；不意世人多忘恩背义，于是他又激为冷酷，憎恨人类，成了唯我主义者了。他有的是一条快船和一口好宝剑，他在地中海横行，对神对人，一律仇视。后以劫袭太守齐特，被捕系狱。齐特有一爱妾古拉娜爱之，遂杀太守而与偕逃。然后康拉特知道他自己最爱的妻已在他坐牢的时候病死，他悲伤至极，遂遁世不知所终，美丽的古拉娜并不能挽留他。

在这首诗里，拜伦的思想表现得极为明白。后来他又作《曼弗雷特》，自由的叫声便转成自我主义的狞笑了。《曼弗雷特》是一篇剧诗。主人公曼弗雷特是一个极端的个人主义者，因与容貌和自己相像的继妹恋爱，便杀了她，可是既杀后又复受良心上的痛苦了。他不肯逃到宗教那个骗人自骗的屏风后去，他独居于阿尔卑斯山，有七个精灵来问他要什么。曼弗雷特所要的只是忘记自己，因为忘记了自己，痛苦也就没有了。后来他又企图自杀，向已死的继妹的灵魂求饶，然而都不中用。这时有一魔鬼来要他服从，曼弗雷特也不屈伏，他说"你没比我强，你不能左右我"。

最后的《唐璜》（Don Juan）未完成。就现有的十六篇而观，则享乐的思想，无所畏的浪漫行为，是中心调子。

雪莱和拜伦一样，也是贵族出身，也是不见容于本国社会，在欧洲大陆流浪。一八二二年的夏天，他和拜伦浮海覆舟，就溺死了。重要作品有《西风歌》（Ode to the West Wind）、《云》（The Cloud）、《云雀歌》（Ode to the Skylark）。济慈是三位中间最短命的一个，以肺病，二十六岁时死于罗马。他作了《恩底弥翁》（Endymion）后，也得到恶毒的批评，几乎发狂。

《西洋文学通论》

巴尔扎克

　　巴尔扎克是一个很雄伟的身材，阔肩膀，粗颈脖，一头既黑且粗的马鬃似的头发。幸而他生当浪漫运动的胜利时代，他很快地得名，不愁卖不脱稿子；不然，他准会也和英国的约翰逊（Samuel Johnson）一样受到书坊老板的一句轻薄话："你这样一身好筋身，应该去做挑夫才对呵！"但是巴尔扎克也不是富裕的。从一八二二年起，他就做小说，直到他在原稿纸前突然气闭（那时他五十岁）像野牛似的仆倒了再不起来，他是天天在苦作，天天在窘迫。因为他曾经开书坊亏本，所以他的一生，从壮年至死，天天被债务催逼。他的多量的作品的代价，还债也是不够的。他是一个可惊的"工人"，他的强壮的身体能够一天到晚工作；他照例是下午六七点钟就上床睡觉，到半夜里起来，就开始写，直到天亮，然后吃了沙甸鱼拌奶油的夹面包，就到印刷处去校原稿。他的校对也不是平常的校对。他有一个脾气，就是初稿时只写了一个大纲，到排出来时再补充。这样再排再补充，甚至到第十次，才算定稿。因此他所得的稿费差不多一半是到了印刷者的袋里去了。校补完后，他就跑到旧货铺里逛，带回一件两件旧东西；这算是他的休息。间一天，他的情妇会来安慰他；这算是他劳作的生涯中唯一的愉快。巴尔扎克对于他这情妇，总用了不得的神气在朋友前夸说，可是他始终不肯说出她的姓名（现在我们从他的信札中知道那情妇的姓名是有夫之妇的 Madame de Berny）。

　　"金钱"这个字是巴尔扎克字典上最大的一个字。"债务"之多，也和他的才气一样无尽。他住的是屋顶下的小阁，窗洞里望出去只见参差不齐的灰色的屋顶和高耸的烟突；在他周围呢，是要钱的发票和到期的债票。他是整天在注视严肃的现实。他的一对像黑宝石似的光亮的眼睛，洞瞩一切，都看到了底里，看到了背面。他的目光穿过了表面，看见人的灵魂的秘密。他是一个感受性极强的敏活的天才，他不期然而然地做了那时新兴的资产阶级意识的最完全的表现者；然而又因为他有那么一对锐眼，所以他又无意中常常触到了当时社会所包含的矛盾。在这一点，使他后来被认为写实主义的先驱。然而从全体看，从作品内的精神和意识而言，巴尔扎克终究是属于浪漫派的。

《西洋文学通论》

雨果

　　《爱尔那尼》的上演是古典主义和浪漫主义最后的决胜战。自这一战后，大局全定了。古典主义的最后的坚垒——在剧坛上的霸权一举而覆灭，浪漫主义在法国奏了全胜了。但是浪漫主义宣战的第一炮却还是早两年的事，我们应该回头来再讲一讲雨果怎样成为这新运动的唯一的首领。

　　雨果的父亲是拿破仑的一个军官，封过伯爵。雨果的祖父却是木匠出身。所以他们家是大革命中间所钻出来的"暴发户"。雨果的父亲在大革命时代是很极端的，曾经把自己的教名 Joseph 改为 Brutus。雨果生后，随父亲到过许多地方。父亲是一个著名的大将，打过许多好仗；当法国皇室复辟后，又做蒲尔蓬朝的大将。雨果幼年也是一个皇党。他自幼即热心文学，曾说："我要做夏多布里昂，或是什么都不！"夏多布里昂这著名的小说家，便是最右的王党。一八一九年，雨果和他的两个哥哥办一个半月刊，定名为《保守文学》，那时雨果还是古典派。他曾经说过这样的话："我们从来不明白古典主义的艺术和浪漫主义的艺术中间有什么差异。莎士比亚和席勒的作品，比较起高乃依和拉辛的作品来，不过是莎士比亚和席勒的作品更多些毛病罢了。"

在《爱尔那尼》排演的时候，已经有些古典派的热心的党徒立在门外偷听。他们偷听了一些对话去，便编一个笑剧来嘲讽。所以在《爱尔那尼》还未上演之前，巴黎已经先充满了嘲笑《爱尔那尼》的各式各样的"笑剧"。同时古典派又用政府的力量来干涉。雨果差不多是整天和官厅的检查员打信札官司。可以说《爱尔那尼》的每一行都是打过去的。巴黎的男女伶人也没有多大好感。空气是非常不利。所以雨果也不得不准备一下子。他不愿采用那个雇买人来喝采的老方法，但是他和戏院里要了三百个位子（那是上演起的前三夜）由他自己去摆布。他的最忠实的同志们自动地牺牲了整夜的睡眠，在 Rue de Rivoli（利复吕街）一带的长廊上写满了"雨果万岁"的口号，唯一目的是在打扰那些守旧的绅士们。这些忠实同志，包括着青年的画家、建筑家、诗人、雕刻家、音乐家和印刷人，现在是很大的一群了；雨果给了他们一个互相打招呼的口号，就是"Hierro"。他们是雨果的"铁军"，准备站在最前线和敌人冲突的。当第一夜《爱尔那尼》的幕刚刚开了，暴风雨就起来了；古典派的"嘘，嘘"的声音和青年派的喝采声混成一团，几乎使戏曲不能演下去，费了很大的维持力量，这才总算把戏演完。继续的一百夜是一边被"嘘，嘘"，而又一边是那些狂热的青年的"雨果党"涨破了喉咙对每一行喝采叫好。

古典派的战术也很巧妙。他们去预定了"包厢"，可是并不去，意思是要叫第二天报上登出消息来，说是包厢全空；他们到了戏院里去，都把背对着舞台，他们脸上装出极不耐烦的怪相，他们故意看报，故意将包厢门重重地碰响，故意高声笑，甚至于叫骂，甚至于打架。所以雨果方面的坚决的防御战也是必要的了。

《爱尔那尼》本身的内容也是处处可以激起青年们的狂热。剧中主人公是一个品格高贵的天才，正是二十岁青年所梦想所崇拜的天才家。他的天才驱使他做一群不法者的首领；他是勇敢的，豁达大度的，不惜牺牲自己的。他的满身滚着反抗的活气。这一个和传统社会宣战的爱尔那尼却正是雨果他自己的写照。这个文学上的叛徒，将法兰西戏院的楼上楼下装满了他的党徒，正是这么一个强盗首领，他的党徒的服装和神气也正像一班强盗。雨果夫人后来记述第一晚上演时她丈夫邀请来的观众的情形，有这样一段话："简直是一队野相的怪人，一个个都是刚鬣样的胡须和长头发，穿着各色各样的衣服——羊毛短里身，西班牙式外套，罗伯司比亚式的背心和亨利第三的帽子——什么都有，只没有时行的服装。"这一班人对于雨果的拥护，实在不下于爱尔那尼手下的强盗对于爱尔那尼。

《爱尔那尼》所回敬给那些青年也是同样的热血的喷射。青年们听到他们自己的咒骂和反抗的呼声在舞台上发出来。他们自己的勇气、信仰、憧憬，在舞台上表演；他们都溶化在这篇划时代的剧本中！

《西洋文学通论》

屠格涅夫

　　屠格涅夫是贵族出身，受过西欧思想的洗礼，是一个"西欧主义"者。他的小说发表于一八四四年至七六年之间的，替当时的俄国社会留了很忠实的写照。尤其是从四十年代起的俄国青年知识分子都有了一个代表。《罗亭》（Dmitri Rudin）出世的时间比《奥勃洛摩夫》早三年，可是主人公罗亭的性格是属于新时代的。他已经不如子奥勃洛摩夫那样懒，那样只管躺在那里想；他是很能够动很喜欢动的，但他不是实际的人，他又没有坚忍的毅力。他是一个好发高论而实际上百事无成的人。

　　《贵族之家》（Liza）表示了一个进步。但《前夜》里的女主人公叶琳娜却是最叫人感动的。叶琳娜是意志坚强的女子，高远的憧憬的追求者。当一个艺术家和一个哲学家同时向她求爱的时候，她属意于哲学家，而当保加利亚的革命者来了时，她的心便始终许给这位革命家了。她抛弃了一切，跟这位爱人到他祖国去革命，而在革命的"前夜"，爱人突然死了时，她仍旧投入保加利亚革命军的看护队中。她就是这么一个意志坚强的女子。当然是因为俄政府的文网太严，屠格涅夫不得不把他的革命党作为保加利亚人。

《父与子》的背景却在俄国本土了。巴扎罗夫是当时俄国的急进青年的代表。他有主张，也有勇气，不屈伏于任何权威之下，不信一切没有证明的理论；他否认俄国的一切不合理的旧习惯、风俗、制度。这表示俄国青年的热血已经沸腾，大改革运动时代也就来到了。可是结果是失败，青年的革命情绪，暂时潜伏，也有些是悲观失望了。《烟》便代表了这一时期。主人公对于世事都灰心了，觉得什么都是一阵烟而已；但还不能忘情于恋爱。最后是觉得恋爱亦只是一阵烟。

写了《烟》以后，屠格涅夫沉寂了好几年。一八七六年始作《处女地》，写七十年代后俄国青年的"到民间去"的新运动。这是失望后转换方向的新努力。但自此以后，屠格涅夫也就没有重要的著作了。

《西洋文学通论》

福楼拜

福楼拜的主张和浪漫派有什么不同点。

第一，他们创作时的态度是不同的。浪漫主义者创作时的态度可用一句老话来比喻它：发于情之所不能自已。作家有了一腔极猛烈的喜怒哀乐的情绪，非倾吐不可，于是就用了诗歌戏曲小说的方式来抒写出来；所以浪漫派的艺术是"要放歌"。福楼拜则不然。他并不要倾吐主观的情绪，他"要观察"。他冷静地观察，把所见的"真实"极忠实地不加主观的抑扬，如实地描写出来。浪漫者是在自己的腔子里任意制造美的东西出来，福楼拜却始终极忠实地观察事物，要发现"真"的东西出来。前者是主观的，热情的，个性表现的；后者是客观的，冷心的，个性藏起来的。

第二，他们的题材是不同的。浪漫主义者专取惊心夺目的题材。"不平凡"是他们的唯一的目的。他们的人物都是"理想的"，非现实社会所能有。即使他们是写古代的英雄，然而亦是写得太英雄了，不是真实的古代英雄。福楼拜的题材，则如上所述的《包法利夫人》等作，都是平凡的灰色人生。浪漫主义者因为要求奇伟，所以讳言平凡，然而在资本主义发展的社会内却实在是一切都平凡化了，丑恶化了，浪漫主义者结果唯有任意空想胡诌，造出了许多空浮的"不平凡"。福楼拜的态度是"求真"，既然眼前的"真实"是平凡的丑恶，他也只能描写平凡的丑恶。

第三，他们对于人生的态度也是不同的。浪漫主义者热爱人生，他们总觉得必须有个是非曲直、善恶报应，然后像一个人间世，因而他们对于自己所创造的好人便要抬之上天堂，而对于自己所创造的恶人便要抑之入地狱，所以浪漫派作品里的人间世大都是黑白分明，为善必得赏，为恶必招殃。当然也有取了愤世嫉俗的悲伤调子的浪漫派作家。但这也是正因为热爱人生，才有此态。所谓表面上极淡泊的人正是最热中的人。福楼拜却已经自制其感情而务要取一种"无所容心"的态度。例如上文讲到的他对于描写爱玛·包法利自杀时的心情及其强自制克，不露主观的悲喜，所以他的对于人生的态度是"无所容心"的，至少也是不露主观的好恶。

第四，他们的描写方法是大不同的。浪漫主义重主观的想象，所以一切描写都是从脑子搜索出来的。他们决不会因为描写一条鱼，便捉一条鱼来仔细观察。他们对于一切事物只捉摸着笼统的概念。福楼拜却是注重在"实地观察"；他的描写都是"实地观察"的结果。如上文所说他作《萨朗波》与《情感教育》的准备功夫，真是不厌求详。他对于一切事物决不笼统含糊，他要"分析"；他训练他的弟子莫泊桑（Maupassant）曾经有过这样一番话：

"世界中没有完全相同的两粒砂、两个苍蝇，也没有完全相同的两只手、两个鼻子。"又说："要描一堆火或是一株树的时候，我们应得面对着那堆火或树，仔细观察，终之以分别出这堆火这棵树和别的火或树所不同的地方。"他决不表现事物的概念，他宁是描写事物的每一"印象"。

第五，他们对于作品的技巧的观念又是不同的。浪漫主义者反对古典派的技巧，因为古典派专以雕琢工整为事，注重形式的美。浪漫派并不是不要美，却要的是精神上的美，所以他们注重雄伟、奇瑰、热情的奔放。然而其弊却成为夸张与虚浮。福楼拜不赞成古典派的人工的形式美，却注重自然的谐和的美。他曾说："一事物的表现，只有一个用词、名词、动词、形容词，都只有一个。我们要继续探求，直到发现了那个唯一适当的名词、动词或形容词。"他创作的时候对于这一点是用尽了苦心的。如果碰到有持异议的人，福楼拜一定挥臂大喊道："不行的。太阳底下唯一重要而且持久的事，是一句排装得很好的句子，有手有脚的句子，和在前在后的句子都能谐和，而且读时很能悦耳。"他创作时每下一字，必定要再三斟酌他的意义音调，并且极力免避用了重复的字，甚至相隔三四十行的重复的字眼，他一定也要避去。时常为了要找一个适当的字，费了整天的推敲。

这五种特性，在福楼拜的作品中是始终如一的。这使得他成为自然主义（Naturalism）的先驱。

《西洋文学通论》

左拉

我们试从左拉的《鲁贡·玛卡家族》中间抽绎其异于浪漫主义文学的特点，且为福楼拜的作品中所未见者，则有下列之四端：

第一是，由归纳"人间记录"而得科学的结论，因以立小说中所要表现的"真理"而支配题材。《鲁贡·玛卡家族》不是随便写的，是依据了遗传理论，归纳了"人间纪录"，然后客观地描写。这把人类的贤不肖的种种行为，立脚在科学的理论上，是左拉所独创的。他曾经说：文艺的作品要先有实验、分析、归纳，而后从事于艺术的制作。他每作一篇小说，对各方面先有绵密的记录，按顺序排列起来，然后支配着写出来。所以左拉是比福楼拜更彻底地采用了自然科学的精神和方法的。

第二是，机械的人生观。《鲁贡·玛卡家族》内的人物都是受着遗传的束缚，环境的支配；做了大臣的由鏖罗贡、两次发横财的亚里士德罗贡、商业上成功的奥克泰夫，都不过是乘了恶的潮流而上升，正和堕落的娜娜、盖凡司，同样是被环境的铁掌支配着。柏司卡尔博士很知道自己家族遗传的恶根性，可是他不能摆脱这遗传的束缚，正和别人一样。人生是机械的。

第三是社会问题。这在《鲁贡·玛卡家族》中表白得异常明白。《鲁贡·玛卡家族》的每一卷都是藏伏着一个社会问题。但是因为一方是机械的人生观，所以就有了无论怎样奋斗到底是徒然的这个观念，所以《矿工》中的罢工工人终于是屈伏在奴隶的老枷锁下，这个劳资争斗的社会问题并没有解决。在自然主义的文学作品中，什么社会问题都是没有解决的。

第四是肉的人生和病态的描写。除了《作品》和《梦》两篇可说是例外，其余《鲁贡·玛卡家族》的各卷都是肉的人生的表现。精神生活是没有的，每个人物所追求的是物质生活的满足和肉的狂欢。而且人物的心理生理方面都是病态的。疯狂和色情狂的描写，在自然主义以前的文艺中本来也是有的；但把疯狂等加以科学的即病理的观察，却是左拉开始的。这一端，后来也成为自然主义文学的基本色彩。

以上四端便是左拉的《鲁贡·玛卡家族》所表见的特点。这加在福楼拜的作品内所见的五个特点上，便构成了自然主义文学的全般面目。所有在福楼拜作品已见的特点，在左拉的作品内又都是有了的，所以左拉不愧为自然主义的代表者。

《西洋文学通论》

左拉与莫泊桑

　　左拉在一方面看，实在是一种意味的"理想家"；他的眼光注射在社会问题上，他以社会改革家自任，而作小说；所以他是澈底地"为人生而艺术"，竟可说是有些受着道德观念束缚的痕迹。莫泊桑却没有"社会改革家"那样的理想，他的客观态度是完全纯粹的，所以他在一种意味上，有些倾向于"为艺术而艺术"。他们两个都是描写人类的兽性的。但左拉是由科学的物质的见地而断定人生之"真实"在兽性，乃由此结论而作小说；莫泊桑不然。他是用自己的眼去看，耳去听，鼻去嗅，器官去接触，由此而感触到人生的赤裸裸的兽性，然后乃赤裸裸地描写出来。后来他这体验的结论成为"定型"，他到处所见无非是丑恶和兽性，因而终于发狂而死。如果说左拉是观察者，那么，莫泊桑是"感觉"者，他的艺术的根据是感觉。左拉的方法是"归纳"，而莫泊桑的方法却是"经验"。

在描写的技术上，左拉和莫泊桑都是受了福楼拜的影响的。可是莫泊桑因为是福楼拜的门人，在福楼拜的指导下，受过长期的训练，他学到了福楼拜的简洁和有力。据说莫泊桑最初作了许多小说，福楼拜都不以为然。莫泊桑的废稿几乎"等身"了。直到作短篇《羊脂球》(Boule de Suif)，福楼拜读后说："有这个样子就好了，不妨写一打。"一打! 后来莫泊桑写了十打多呢!

左拉描写上的拖沓赘累的毛病，莫泊桑是完全没有的。在这点上，莫泊桑是把自然主义文学的艺术发展到顶点，然而同时他的正统自然主义的丑恶描写和消极思想也使自然主义文学的病态更显著，因而不久以后，欧洲文坛上就有了自然主义的反对运动了。

《西洋文学通论》

契诃夫

当八十年代，上述的三大小说家或已逝世或已搁笔的时候，在暂时沉寂的俄国文坛上，契诃夫（A.P.Tchekhov）出来了。

一八八一年俄皇亚历山大第二被刺以后，接着是一个极反动的时代。大批的革命党人被杀被流配到西伯利亚去了，言论自由完全被钳制了，知识阶级看不到将来的希望，一天一天颓唐消沉了。可不是，俄国的知识分子是什么方法都用过了；他们和统治阶级的顽固凶暴斗争，他们又和一般民众的愚蒙无识斗争，他们却都得了失败。完了，躲在小阁子里喝"伏特加"，醉生梦死着过了罢！这是八十年代的青年知识分子、小资产阶级的心理和生活，而契诃夫恰巧做了这种的一个表白者。

从他的描写手腕，他的对于人生的态度，他的对于艺术的见解：从这三方面看来，契诃夫是俄国文学家中最近似的自然主义者。我们不妨说他是俄国的自然主义者。他的时代是灰色的颓丧的时代，所以他的作品的全般面目也是阴暗的悲观的。有一位俄国批评家说契诃夫的作品："悲哀而忧悒，像静默的俄国的山川；灰色，像俄国的秋天；战栗而软弱，像北方的落日；深而神秘的，像平静的夏夜。"通常是把契诃夫和莫泊桑相比的。不差，这两位相同的地方有三点：伟大的短篇小说的作者，透澈地观察了人生，而且又是程度不浅的悲观者。你拿一篇莫泊桑的，和一篇契诃夫的，对看起来，那你会觉得除了背景不同，其余是非常地相似，和亲姊妹一般。然而如果我们仔细来研究，把这两位大作家的全集通读过了，你就发现这两位原来到底是不同的；莫泊桑是无时无处不从人间看出兽性来，而且准备着看见一件傻事就冷笑的，契诃夫却掏摸到人类的灵魂的深处——掏摸到灰色、颓唐、堕落的里面，用他的一双含泪的眼睛睁大着对我们看，似乎在说：我摸到一些灵光的和希望的了！

因此，契诃夫以悲观主义者始，却以"信赖着将来"的乐观的口吻而止；他的这一层"进化"，我们可以在他的作品中看得很分明的。我们要详细讨论契诃夫的作品，当然不可能，但只要举一些重要作品，也够得表见他的"进化"的路线。

当契诃夫初现身于文坛的时候，他的周围的环境是不但使人伤心，而且可怕的。知识阶级不但怕革命，并且还怕不能得到统治阶级的温颜。人们甚至于打算把自己的思想弄得能够顺应那时的反动政治。那时一般的观念是这样的："什么自由，什么平等；静静儿坐在你的一角里不要动呀！"把生活看作无意义，或是想逃避现实的，就算是最好的人了。就是这么一个看不见出路的时代。在契诃夫的许多短篇里就有这种人物。《吻》是一个小小的短篇，主人公里亚包维奇把生活看成偶尔发生的许多断片，没有连贯，也没有理想的。"全世界，全生活，在里亚包维奇看来，只是一个不智的无目标的笑话罢了。"又在《套中人》这短篇内的一个教员只想逃到什么地方，和一切都隔离，把自己关闭在一个不透明的壳里，"现实激怒了又恐吓着他"。

每个人都把人生看成神秘，都把自己看成全无可为力的可怜的弱虫，《匿名的故事》中的淫佚的小职员不相信什么，没有目的，也无所求。他装出一种冷笑的达者的面目，用赌钱、闹恋爱、看小说，来消磨时间。他有时也这么想："为什么我们，从前是那样热烈而强项，那样忠于一理想或信仰，而现在到了三十或三十五岁就完全堕落了呀？"于是他自谓实在热望着好的理想的生活。可是他总不敢动一下。

又在《凄凉的故事》中的科学家一生埋首于实验室，到老年时却感到灵魂的可怕的空虚。他看来什么都讨厌，他觉得自己完全是孤独的，甚至在家里也是孤独的。他的科学，他这终身事业，原来是没有意义而且和人生不生交涉；当他感到了这一点时，他才发现原来还有一个东西是活人所必要的。这是什么呢？可惜他已经太老了，不能细细地去揣摩出来。

只有在想象中和半醉的梦想中，才看得见快乐的影子。《黑修士》中的主人公，年青的哲学博士，就是这样经验着虚幻的快乐的。他相信自己是天才，憎恶平凡人的平凡生活。他过孤独的生活。他恍惚看见有一个黑衣教士到处跟着他。什么是天才，他实在有些疯狂了。但到死为止，他是快乐的。

在这里，契诃夫的悲观到了极点，可是以后他的思想也就转变了。革命的精神又在俄国的都市和乡村中苏醒过来了。新的力的暗浪打击着契诃夫的心，所以一种希望的调子出现在他后期的作品内了。《三姊妹》这篇剧本中，有这样的话："时候是近了，一些伟大的东西在我们各人身内动了，大风暴在那里走近来，而且早已近来，而且很近了，不久就要扫尽了我们社会里的懒惰、淡漠和偏见。"《樱桃园》也是露了希望之光的。古老的樱桃园卖去了，伐木的丁丁的声音传来，老辈感伤而泣，青年却喜欢，因为新的生活将在砍去了的樱桃园中出来。

这时期，契诃夫的短篇小说都透露着新鲜的希望的气息；然而他的希望都是辽远的，几十年，百年。在这样辽远的对于将来的信仰中，他死了，正当一九〇五年俄国革命的前夜。

《西洋文学通论》

梅特林克

我们说神秘主义和象征主义是孪生的一对姊妹，因为它们不但同出于"世纪末"之颓废派，并且事实上凡有神秘主义的地方即有象征主义，有象征主义的地方也不会没有神秘主义。批评家曾说易卜生的《建筑大师》，豪普特曼的《沉钟》，是象征主义的戏曲；但仔细说来，《建筑大师》所用的是"比喻"的方法，和此所谓象征主义实非一物，至于《沉钟》，则在近代的象征主义色彩外，尚带有神秘的气味。这就是神秘主义和象征主义常常关联着的一个好例了。可是最重要的作家还是梅特林克（M.Maeterlinck）。他是创立了近代文艺上的神秘主义的理论而又建设了近代文艺的象征主义的手法的一个人。

据梅特林克的意思，作家所应注重的，不是外界的事象，而是"超感觉"的境界。在我们的意识界和无意识界之间的朦胧的潜在意识的世界，方是人生的真意义所在之处。自然主义者所注重的物质或肉体的生活，决不是真的实在；最高绝对的生命乃存在于不可得见的神秘境界。这种神秘境界非人们的五官所可感知，不能以思维，亦不可以言说，唯有"默悟"可以到达。人类之真的心灵是在沉默之际表现出来的，死就是沉默之最大者。人们意识生活之深处的潜在意识，就是"真的自我"；表现于外部的生活不过是潜在意识这深海中所浮起的泡沫而已；艺术的目的是要表现那"真的自我"而不是那些泡沫。

我们不妨将梅特林克的这番主张用另一种说法。表现于外部的生活就是现实的情感，是粗浅的、浮面的、平凡的；艺术家应该探求那精醇的、深奥的、卓异的那个东西。艺术家自己身里存在着这个东西，所以他应该倾听那从自己的灵魂中深处流出来的情感以及这些情感的阴影和纤细的感触。但是这不是极端属于个人的么？不要紧，正要这个。但是这又不是未必能使人们了解的么？不要紧，正要这个。

这就是梅特林克艺术的"神秘"。

《西洋文学通论》

高尔基

　　九十年代，正是欧洲文坛呻吟于颓废的病态下的时代，在俄国正是契诃夫"三姊妹"的可怜的声音充满于灰色的环境里的时代，正是象征主义者高唱艺术至上主义，第一次在俄国出现了离开政治问题社会问题的文学的时代，高尔基和他的写实主义的作品突然以清新雄健的调子飞跃而来了。

　　高尔基之出现于俄国文坛，其意义不下于革命。他像一个壮健的变戏法的小伙子，投掷于俄国那时的人生中，在灰色滞钝悲哀的同伴中独自狂笑。他将一大捆自意识的活力掷到悲哀沮丧的环境中。这时代也正是社会的基盘开始为潜伏的革命力所震撼的时代。粗暴的然而不可抗的力的浪潮正在俄罗斯的迟缓的大群众中扩展开来，只有把耳朵贴在泥土上静听的人，方才能够觉到；而高尔基正是这么一位作家，以预言者的姿态向俄国的劳苦群众高吹警报的晓角。

　　也可以说俄罗斯民众的新的力在文坛上的大爆

发就是高尔基。他带了一大队的饥饿的然而大无畏的粗豪的无产游民——所谓挤出了社会的不法者，倨傲地挤上俄国文坛的顶巅，特意狂笑地对那时的毫无鲜色的俄国知识界喊道："我们来了哪，我们将要把你们的老屋子的石头一块一块都翻转身来呀！"

这一大队的饿肚子然而好精神的游浪者，从马卡尔·楚德拉（Makar Chadra，高尔基的第一篇小说，作于一八九二年，篇中主人公即为此名姓），直到福玛·高尔杰耶夫（Foma Gordeev），都是热烈地要求充实的生活，使人起敬，不使人可怜。他们是穷苦的，是被社会挤出来的游浪者，然而他们有的是无限的活力，强烈的反抗性，他们自视为生活的主宰，他们有极大的胃口，要吞进世上一切凡是好的，他们是永远不知休止，不知道躺下来不动的。是他们，使得俄国的流浪汉分外活泼地有力而耀采；也是他们带高尔基的声名轰传于广大的俄罗斯以至于全世界。

高尔基的生平也就等于一篇小说。他是无产阶级出身，五岁丧父后，随母寄养于外祖父母处，十岁后即自谋生活。先为靴匠的学徒，后又在伏尔加河中一汽船上做小厮，跟船上的厨子学习写读，并饱阅了厨子所有的小说，其中有雨果及大仲马的译本。十五岁时，高尔基打算在喀山进学校，因为没有钱，反在一个地下室的面包房中作工。在喀山的时候，高尔基和一些学生们有了接触，又熟悉了"从前是人"的生活，后来在他的作品里被描写得很有色彩。高尔基的短篇中有《沦落的人们》的一篇，题义直译是"被剥夺了人的权利的人"的意思。离开喀山后，就在各处漂泊，走遍俄国的南部和南东部，各样的苦工都做，最多的时候是没有工作。一八九〇年，他到下诺夫哥罗德想当兵吃一份粮，又因体格不好被屏斥。可是他在一位律师处弄到了书记的职业；这位律师待他很好，帮助他自己教育。但不久他又过漂泊生活。一八九二年，始以"Maxim Gorky"的笔名在地方小报上登出了他的第一篇小说《马卡尔·楚德拉》。这鼓励起了高尔基的希望，以后他就继续作小说，差可维持生活。但是他的"出名"却在一八九五年受知于文坛先进柯罗连科在那有势力的月刊《俄国财富》上揭载了他的《切尔卡什》为始。两年以后，他就成了全俄最伟大的作家，和屠格涅夫、托尔斯泰并列。不但是俄国，全世界的日报月刊都在介绍他，登他的照片，都在赞扬这位从下层阶级崛起的"写实的"作家。他的剧本《底层》在柏林上演，接连有五百夜，夜夜都是满座的。一九〇〇年被捕放逐于下诺夫哥罗德。一九〇二年，被推为俄国科学院的名誉会员，但在高尔基还未表示接收与否之前，俄皇政府就来干涉了，因此契诃夫和柯罗连科愤而辞去会员之职。一九〇五年正月，又被捕，激起了全俄的抗议的示威运动，因得释放。一九〇五年俄国革命失败后政局愈趋反动，高尔基离国游美，后居于卡普里岛。此时国际文坛对于高尔基的热度渐减，在俄罗斯本国知识阶级也忙着新奇的"主义"，觉得高尔基"太平凡""太粗俗"了；可是在同时，另一方面，高尔基的著作开始浸入下层阶级的群众，俄国的工人都在高尔基影响之下。

《西洋文学通论》

第五辑：话经验金针度人

1980 年 9 月，
摄影家吴印咸为茅盾拍摄的特写

文艺的时代性与社会化

为什么伟大的"五四"不能产生表现时代的文学作品呢？如果以为这是因为"新文学"的初期尚未宜于产生成熟的作品，那就不是确论。单就作品之成熟与否而言，则上述诸作家何尝没有成熟的作品！问题不在这里。问题是在当时的文坛议论庞杂，散乱了作家的注意。更切实地说，实在是因为当时的文坛上发生了一派忽视文艺的时代性，反对文艺的社会化，而高唱"为艺术而艺术"的主张，这样的入了歧途！

在这里，应该略略提起当时的一番事情。

现在讲到文艺的时代性、社会化，等等话头，所谓革命的文学批评家便要作色而起，大呼是"太旧，太灰色"了；但想来大家也不曾忘记今日之革命的文学批评家在五六年前却就是出死力反对过文学的时代性和社会化的"要人"。这就是当时的创造社诸君。即使人们善忘，总还记得当时创造社诸君的中坚郭沫若和成仿吾曾经力诋和他们反对的被第三者称为"人生派"的文学研究会的一部分人的文学须有时代性和社会化的主张为功利主义。在当时，创造社的主张是"为艺术的艺术"；说过"毒蕈虽有毒而美，诗人只赏鉴其美，俗人才记得有毒"这一类的话。感情主义和个人主义的调子，充满在他们那时候的作品。去年成仿吾所痛骂的一切，差不多全是当初他自己的过犯，是一种很有意味的新式的忏悔。当时创造社的主张颇有些从者。何以故？因为那时期正是"彷徨苦闷"的时期，因为那时候"五卅"的时代尚未到临，因为那时期创造社诸君是住在象牙塔里！因为"彷徨苦闷"的青年的变态心理是需要一些感情主义、个人主义、享乐主义、唯美主义，权当一醉。"五卅"时代的尚未到临，创造社诸君之尚住在象牙塔里，也说明了当时宣传着感情主义、个人主义、享乐主义、唯美主义的创造社诸君实在也是有了当时的普遍的"彷徨苦闷"的心情。而当时他们的遁路却是拾起了他们今日所自咒诅的资产阶级文学的玩意儿以自娱，不但自娱，且企图在人海中拱出一个角儿。可是就在那时候，近在中国，则"五卅"的时代已在酝酿，远在西欧，则新兴的无产文艺已经成为国际文坛注目的焦点。（不过日本的无产文艺运动还是寂然）假使当时成郭诸君跑出他们的霞飞路的"蜗居"，试参加那时的实际运动和地下工作，那么，他们或者不至于还拾起"资产阶级文艺的玩意儿"来自娱罢。再说得显明些，并且借用去年成仿吾的话语，如果那时候他们不要那么"不革命"，不要那么"小资产阶级性"，那或者成仿吾去年的雄赳赳的论调会早产生了几年罢。

谁知道此中的机缘呢？怕只有"时代先生"罢哩！

　　我这一番话，并非是翻旧账簿，不过借此说明了时代对于人心的影响是如何之大，从而也指出了何以六年前板着面孔把守了"艺术的艺术之宫"的成仿吾会在六年后同样地板起了面孔来把守"革命的艺术之宫"，正自有其必然律，未必像有些人的不客气的猜度所说的竟是投机，是出风头。并且借此也说明了当时他们因为不曾参加实际运动和地下工作而错误地拾起了"资产阶级文艺的玩意儿"以自娱的影响，竟造成了"引人到迷途"，像他们今日所切齿诅咒别人的。所以"五四"期的没有反映时代——自然更说不到指导时代——的文学作品，决不是偶然的事。

　　　　　　　　　　　　　　　　　　《读〈倪焕之〉》

文艺作品反映人生

　　文艺作品是要反映"真实的人生的"。然而一篇文艺作品只能把片段的人生描写了进去。这片段的"人生"或者代表了"全体"，那就是社会生活全体的缩影；这样的作品就可说是"真实人生"的反映。或者只是代表了"部分"，譬如以烟草公司的发达为题材写一部小说，这当然是社会上一件"实事"，然而可惜这只是"部分"的现象，不能视为工业界全般的状况，从这小说里，读者不能认识全般的社会现象，这样的作品因而也就不合于"客观的真实"，不是真实人生的反映。但假使一位作者以烟草工业的发达为"经"，而以一般工业的衰落为"纬"，交织出现代中国产业界畸形的啼笑史，那我们的观感就不同了，我们要说这是真实人生的反映了。为什么呢？因为作者是看见了"全体"的。因为他所写的主要题材即使只是部分的现象，然而他说明了全体。

　　　　　　　　　　《"蚂蚁爬石像"》

论模仿

　　模仿是最初步的学习。人类从原始人进化到现在，有许多知识是从"模仿"起源的。例如模仿自然界的音响，始有最原始的音乐。

　　小孩子牙牙学语的时候，也是大半靠着模仿。大人有许多口语实在不能像实物一般指给小孩子看，使他明了；这时候小孩子只是模仿着大人的口吻说着，但久而久之，他也懂得这话的意义了。

　　所以模仿不算怎样坏的！

　　说到文艺上，模仿于是乎成为要不得的名词了。

　　最不名誉的模仿，一种是生吞活剥的影抄，这譬如商品中有冒牌。又一种便是改头换面的仿造。第三种是东鳞西爪的剽窃。这三者犯在文艺作品上，便是致命伤。

　　文艺作品中也有可以容许的模仿。例如《伊利亚特》拟荷马。萧伯纳的《圣女贞德》拟伏尔泰（Voltaire），这是体裁上风格上的模仿。这种模仿也不会妨碍了作品的伟大。这种模仿，正确地说，就不是在模仿某某而是在某某影响之下。一个作家可以有他自己独特的风格，然而也可以有这么一部东西是规拟着过去一位大作家的风格，萧的《圣女贞德》是属于这一项下。

《红楼梦》之后有许多《续梦》《后梦》，《鲁滨孙漂流记》以后有许多航海冒险记和荒岛冒险记—— 这些便是要不得的模仿。

有在风格上得了前人的好处的，这是上品。下焉者只在文字上学得几句小巧。有在题材方面从前人作品中得了一点暗示，因而开展他自己对于身边某一事件的注意的，这也是上品。下焉者只剽窃了前人作品中的材料而不用自己的眼睛去观察。这中间的距离，大到可以放进一个太平洋，小到只容一根头发。

故曰：模仿虽在本质上未必称得怎样坏，而不坏的模仿却几乎少到没有。

在文艺上，模仿于是乎终于成为要不得的名词了。

《论模仿》

选择"题材"

选择是必要的！创作家把某一现象通过了他的意识，分析过，整理，而使之再现……

社会现象是创作家工作的对象，是一种素材。社会现象是形形色色的，然而这形形色色的社会现象并不是个个都能表现（或代表）了该特定社会的"个性"的。正像一处大风景有许多树木，许多山石水泉，然而并不是任何一树一石一涧就能代表了那大风景的独特的"个性"。因此，一位创作家在他创作过程的第一步就必须从那形形色色的社会现象中"选择"出最能表现那社会的特殊"个性"——动态及其方向的材料来作为他作品的题材。他"选择"的结果是否确当，乃是另一问题，然而他必须"选择"！世间当然也有不耐烦去"选择"而碰到什么就写什么的作家。但这样的作家结果将成为"小说匠"，他和真正"艺术家"之分别就好像是照相馆的老板跟美术的摄影家之分别。

因此，我们对于一篇作品的"题材"可以给它

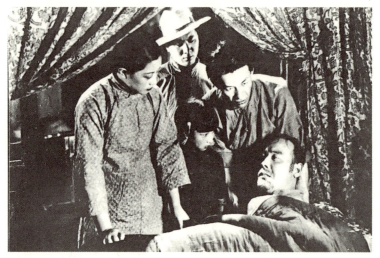

1933 年上半年，夏衍把《春蚕》改编成电影剧本。图为电影《春蚕》的剧照

个"有意义"或"无意义"的评语。所谓"有意义"就是说那作品的"题材"是作家精细选择的结果，是最能表现社会特殊"个性"的。

《谈题材的"选择"》

文艺修养

　　普通所谓"文艺修养"，不仅指一个作家阅读过不少的前代巨匠的名著，而且也指到他对于文学理论上的理解，对于一般文化艺术的广大的知识。一个作家并不一定要先获得文学理论和一般文化艺术的知识，然后能创作，这是不消说的；可是，一个作家的不断的精进，事实上却有赖于这方面的修养。既然成为作家以后，他在创作上的准备功夫应当不仅是观察体验与搜罗题材——这是直接的准备，而亦应当充实他对于文学理论的了解和对于一般文化艺术的知识。不研究文学理论，不求取广博的知识，单单像照相师们的拿着镜箱到社会中去摄取，对于一个作家是危险的。这危险的程度，不下于对于社会科学知识的全然盲目。

　　伟大的作家，不但是一个艺术家，而且同时是思想家——在现代，并且同时一定是不倦的战士。他的作品，不但反映了现实，而且针对着他那时代的人生问题和思想问题，他提出了解答。他的作品的艺术方面，除了他独创的部分而外，还凝结着他从前时代的文化遗产中提炼得来的精髓。在伟大的作家，是人类有史以来的全部智慧作为他的创作的准备的！

从近处讲，一个准备从事写作的人，他的文学名著的诵读范围，也应当广博。只诵读了一家的著作固然不够，诵读了一派的著作，也还是不够。诵读宜博，而研究则宜专。广泛地诵读了各派各家的名著，然后从中择取最博大精深最有现代价值的名著来研究，这是有利无害的方法。

《创作的准备》

研究与摹仿

研究不是摹仿。研究是学习创作方法，摹仿则是生吞活剥地剽袭其形骸。一位伟大的天才作家的创作方法是包含在他的全部作品中的，仅仅研究了他的一二部作品——即使此一二者是他的代表作，也是不够的。在伟大作家的全集中摘取了一二部来研究，这研究将只是"揣摹"，而结果是摹仿。

就学习现实主义的创作方法而言，则研究此一派的最高峰，自然是必要的，但是也还嫌不够；我们的学习的主要对象，应当是此派的最高峰，然而我们的研究的范围却也应当扩大些。现实主义文学的早期的大师，我们不能不研究，乃至浪漫主义的作家而具有现实主义的倾向的，我们也不能不研究。而在现实主义文学发展史中诸多纪念碑似的大作家，也是我们不能不研究的。这并不是我们故意把标准提得高，使人视创作为畏途，我们不是有一句老话么，取法乎"上"，结果难免仅只得"中"，我们一般中等以上的天资，即使那么广泛地研究了学习了，恐怕还未必能有切实的得益，如果不是那样地作了充分的准备而轻率从事于写作，还能希望有优秀的作品产生么？我们的创作的准备，唯恐其不够多，不够广博，不够长久。

《创作的准备》

文艺独创

也有确非生吞活剥地摹仿了某一大作家的皮毛或形骸，然而却明显地看得出某一大作家的影响来，这样的作品应得高的评价；这里包括着许多有才能的作家。伟大的天才作家在人类文化史上亦不过屈指可数的几个，而人类文化史之不至于在屈指可数的"泰岱"以外成为一片荒漠，就有赖于多数的有才能的作家，他们也是可宝贵的。是在他们的工作上，"学习"二字这才发挥了最高的意义。有才能的作家如果他的作品表现出不止是一位天才作家而是多位的影响来，那他所应得的评价就应当更高。因为他已经达到融化了前人的精华这一步，他所缺者只是伟大的独创。天才作家是一定有伟大的独创的。

《创作的准备》

广泛的诵读

在从事写作以前，诵读名著的范围应得广泛，虽然研究的对象应得专一；换句话说，从广泛的诵读到择定的研究。

诵读的范围愈广，则愈能得受多方面的启迪，他的写作的准备项下的积蓄亦愈厚愈大。

诵读和研究之中就包含着"学习"。然而"学习"是把前人的名著来消化，作为自己创作时的血液，并不是剽窃前人著作的皮毛和形骸，依样画起葫芦来。

由学习的结果而使自己在前代某一大作家的影响之下写作，并不是坏事；然而切要的是要分别出什么是在创作方法上受影响，而什么是仅在作品形式上成了类似。前者方是"学习"的真谛。

《创作的准备》

准备人物形象

试要写作的第一义的准备，最好是先找出"人物"来。

这"人物"，可以是你曾经见过，而在回想中构成的；也可以是你今天刚刚碰到的。但不论是"旧有"或"新见"，这"人物"的面目第一次在你心上闪动而你发生了创作冲动的时候，你且不忙——你暂时不要"布局"就写，你且先将这闪动在心头的面影勾勒下来，然后到社会上去留心观察同样性格的人，把他们的面目也一一勾下来；这样你写满了一本草簿，你心头那个"人物"的形象大半成熟了，然后你再"布局"来写罢。

如果你太性急，当心头闪过了如此这般一个面影时就动笔写在作品里，那么，这个人物就有陷于概念化的危险。概念化的人物并不比纸剪的傀儡好些。

《创作的准备》

多做基本练习

　　一个初学写作者最好多做些基本练习。不要急于写通常所谓小说，不要急于成篇。所谓基本练习，现在通行的"速写"这一体，是可以用的。不过我觉得现今通行的"速写"还嫌太注重了形式上的完整，俨然已是成篇的东西，而不是练习的草样了。作为初学写作者的基本练习的速写，不妨只有半个面孔，或者一双手、一对眼。这应当是学习者观察中恍有所得时勾下来的草样，是将来的精制品所必需的原料。许多草样斗合起来，融和起来，提炼起来，然后是成篇的小说。

　　画家作基本练习时，并不一定要画一张完整的面孔，他可以先来单画一个鼻子或一双眼睛。这是我们写作者应当取法的。画家作基本练习时，或取侧形，或取仰形、俯形、半侧形、半俯半仰形，种种活的姿态。这也是我们写作者应当取法的。听说漫画家有一个常用的方法，就是先构成了草图（这所谓草图，其实是一点也不草率的），然后将草图贴在玻璃板下，玻璃板下有灯光装置，使图透明，另取一纸盖在草图上，依样再画出正图来；这方法能使线条流利泼辣，全图有一气呵成的精神。这方法也是我们写作者应当取法的。

假定我们要运用这方法，那么，在有了人物的面影，有了故事的轮廓以后，且不忙在一时写定，而先就题材的各部分写起草样来。这时候，尽管你的故事的腹稿已经是有首有尾，次序井然，但你作草样时不妨颠倒，你可以把那在你想象中最活跃的部分先写出来（《士敏土》的作者告诉我们，他这部巨著就是从半腰写起，在他想象中最活跃的部分他最先写）。草样已经写得多了，你不必急于拼合，你得竭力修改。最好的修改方法是离开书桌，到活人中间去。

《创作的准备》

搜集材料

在一个忠实于生活的作家，所谓"搜集材料"与"熟悉他所不熟悉的生活"，应该是一句话的两个说法。

首先要说明的，一个作家如果平日老是关在书房里，一旦发现"材料"完了，然后去"搜集"，可已经太迟。再说，一个作家要是凭空给自己指定了题目然后开始去搜集材料，更是急来抱佛脚。"搜集材料"应当是作家尚未痛感需要时经常的工作，应当时时处处为之；而给自己特定的题目也应当是从经常搜集材料的过程中自然而然产生，决不是凭空跳出来的什么灵机忽动。不过平时的注意是广泛的，而特定了题目后的注意是专一的罢了，是更深入的罢了。

假定有一位作家，他抱了"搜集材料"的目的，跑进了某一特殊的生活圈子，"观光"了这特殊生活圈子里的几个重要场面，观察了这特殊生活圈子里的一些主人公和从业员，和他们作了谈话，很细心地记录了他们的谈话，经常地留心着报纸上的关于此特殊生活圈子里的一切动态的记载，不够，则又读了许多与此特殊生活有关的书籍，报纸上的记载他剪下来，书籍上的他抄下来——凡此一切"材料"，剪报、抄书、谈话记录、观察和"观光"时的札记，他都细心地研究了，分类排比，于是在他觉得够用了时，他就根据这些材料来写创作。这样的方法似乎是有条有理，周密而谨慎。这是左拉惯用的方法。

但是从这样的方法搜集得来的材料只能说明那生活圈子的表面状况——是它的躯壳而非灵魂。因为这样搜集所得的只是印象。并且这样的方法往往是把此一特殊生活圈子从社会的总的生活关系游离开来而作单独的隔绝的观察，因而所得的结论也就不能正确。因为观察一特定生活，必须从社会的总的连带关系上作全面的考察。

《创作的准备》

所见所闻所感

　　我们不要忘记，"材料"不能在感到需要时方去"搜集"，必须是经常的工作，时时处处在留意，在聚积；而特定的题目不能是凭空跳出来的"心血来潮"，必须是从经常搜集中自然而然产生的。

　　既是这么说，我们应当摈除"为搜集而搜集"的错误观念。我们在开始写作（还没有发表你的处女作，你还没有发生材料恐慌以前）的时候或以前，就应当时时刻刻身边有一枝铅笔和一本草簿；无论到哪里，你要竖起耳朵，睁开眼睛，像哨兵似的警觉，把你所见所闻随时记下来，你要找你的生活圈子以外的人做朋友，和他们多谈，记录他们的谈话，记下你随时随地对他们观察的所得。换句话说，你时时在写草样，而你又时时将你所记的草样和日常所接触的活人比较，比较之后加以补充和修改。同时也要读书，一些能够帮助你了解你所在的社会或你所探头进去的生活圈子的书籍。你要很用心地比较书中的见解和你自己的观察结果；发现了不一致时，你得顽强些，既不立即舍己从人，也不武断自信以为是，而再苦心地向实生活去观察。你的草样积多起来，你的札记簿一本一本多起来，你细心研究，你分类，你加进你自己的议论。但是你并没有"题目"。应当没有"题目"在等待你的"材料"够用。你要忘记你是为了写作而"搜集材料"，你的"搜集材料"就是你的生活！

契诃夫告诉我们，他就是这样老带着草簿在身边，随时把所见所闻所感记下来的。

《创作的准备》

取精用宏

契诃夫要写小说时就拿出札记簿来翻看，翻到了觉得合用的材料时就用了它；这办法我却不大赞同。应该不是临到要用时去翻检，而是由这丰富的积累自然产生了题目而且在写作时自然奔凑到你笔下来。所以必须记录，为的是便于研究，便于自己纠正不大正确的观察。便于日后检查，不过是附带的目的。

时时要注意的，是社会生活的各部门都是有机的关系，所以你带了铅笔草簿应该到处去钻，千万要避免只顾到一角。孤独、单调的生活，每天只接触一定的人物，乃至只和自己同样生活的人们往来，是作家的致命伤。

必须记住而且遵守的，是"取精用宏"的四个字。比方说，你积了一打草簿的材料，你假使不苛刻，可以用这材料写出五万字来，但是你应当苛刻，应当把这些材料压榨、精炼，只写出一万或二万字来。

《创作的准备》

"概念化"危险

　　一个文艺作家如果在书房里这样"研究"好了，得了结论，然后依此设计了"故事"，配上了"人物"，写出作品来，那么即使他那作品中的农村生活不离于实际（就是写农村固然像农村），但是他有陷入于"概念化"的危险，他的这篇作品会成为穿上文学作品外套的美丽的社会科学论文。

　　从书桌上纸堆里"研究"得了结论，然后到社会中"摄取"些"实感"：这不是一个文学作家正当的创作过程。走了这样"创作过程"的道路的作家就往往会在写作时发生了一桩困难：有了"故事"了，却没有"人物"。自然他那时不会自觉到"没有人物"的，他装好了"故事"的架子时就已经"配上"了"人物"，可是"配上"去的"人物"在读者眼中不会是"活人"，这就要大大影响着该作品的感人的力量。

《创作的准备》

好的创作过程

你不妨先从书本子上对于现社会有了一种理解然后到活人中间去观察研究（这是不用说的），而且你也极应该对于现社会有了一定的态度——当然这是正确的前进的态度，然后到活人中间去研究观察；但是此所谓"理解"或"态度"只是帮助你到活人中间获取深刻的知识，只是引导你在错综纷乱的现象中找得它们的根源和关系，换句话说，此所谓"理解"或"态度"只是作家"搜集材料"时有用的而且必需的工具罢了。

挟着那样的"工具"，你在现实生活内各个活人身上就可以看得更仔细些；你好比是戴了扩大镜，不但看见了表面，还看见了隐藏在表面绉褶里的东西；你又好比是打着千里镜，你的视野扩大了，你的目光不局促于一隅，不被限于近处，你能作全般的鸟瞰，对于当前的现象有一个总的知识、总的了解。

你所接触的，自然是一个一个的活人，但是你切不可把他们从环境游离开了去观察；你必须从他们的相互关系上，从他们与他们自己一阶层的胶结与他们以外各阶层的迎拒上，去观察。这样的观察过程中，你就会只觉得可记的"事"太多了，记满了一打草簿也容易得很，而在这样丰富的材料中自然包括着不止一方面的社会现象——就是不止一种题材、一个故事了。

依这样的创作过程，你有了"故事"时也就有了"人物"；两者是同时产生，同时成熟。

《创作的准备》

防范"标本式"人物

　　但是仅仅如此——仅仅从活人们的相互关系上，从他们与自己一阶层的胶结与别阶层的迎拒上，去观察——并不能保证你所写出来的人物是立体的复杂性的活人。他（这人物）也许只是"标本式"的人物；他虽然有他那一阶层的人们的共性，却未必同时又有他自己的个性。"标本式"的人物自然胜过于纸剪的傀儡，然而还不是真正的活人。

　　这是因为你只在固定的地点上去观察他们（人物）之故。活人们是到处跑的。一个商人固然常在店铺里做生意，但是也和朋友们上馆子；固然常和客户们做生意经，但是也和他的老婆和儿女们另有一种"生意经"。他在商业上打的算盘，不一定就是他和亲戚来往家事纠纷时的算盘，你如果只在他的店铺里观察他——只是在一个固定的地点守候他，当然是不够的。你必须跟着他到处跑。从他的店铺里跟他出来，跟他到小馆子里，到朋友家里，到他

1921 年春，茅盾主编《小说月报》时于家中书房内

家里，到他卧房里，一直跟他到"梦"里。你不但要明白他的职业生活，也要明白他的私生活，最隐秘的私生活。这样观察过后你写出来的人物方有"个性"，方是一个"活人"。

《创作的准备》

创作的危险

　　然而即使是"准备"得这样充分，也还有危险。

　　第一个危险是"人物"和他的环境的有机的关系，也许不够紧密。你写出了一个毫无遗憾的"人物"，正面侧面，光暗面，远看时的一表堂堂，和逼近细看时他脸上的疤斑，他在公事房里的面目，对待"朋友"时的又一副面目，和太太在卧室里的第三副面目，他发脾气、纳闷、狂笑或天真地微笑的嘴脸——什么你都描写得周全了，但是这样一个"人物"也许会使得读者只觉得这是"人生树"上拣出来的摘下来的一片叶子，这一张"叶子"虽然你用了照相似的精确写了出来，但是除了这"叶子"的现在的形态而外，就没有深刻的"暗示"，比方说，"叶子"上有一个蛀洞，你固然把这"蛀洞"描写得很仔细，可是仅仅一"蛀洞"，读者不能从这读出那"叶子"过去的遭遇的节目及其所以然来，又如那"叶子"或许是一半变黄了，而这也是你所精心描写了的，可是从这一半变黄，你并没"暗示"出它的将来会怎样：一句话，因为是从"人生树上"拣出来摘下来的一片"叶子"，因为是离开了枝头而呈现于读者眼前，那就当然比你在树上——或者退一步在折枝上看见它（叶子），颇不同了；摘下来的叶子引起你的感觉是单纯的，而在枝头的叶子所引起的，却要复杂得多。一个"人物"虽然被写得周到，可是倘只能引起单纯的感觉，还是不行的。认定了"人物"之作品的本位的意义，而却机械地去处理了的，往往会落到上述那样的危险。应当时时记牢的，是观察一个人物的当儿注意的范围不单是"他"，还有"他"的周围；而这个"他"是时时在受着周围的影响，在这影响之中经常地发生了不大容易看得见的变化的。单单记得"不把人物从环境游离开了去观察"，还是十分不够。必须记住人是在环境影响之下经常地变动着的！必须要记录"他"这经常地变动的过程。你的"准备"工作达到了这一步时，你就可以不使你的"人物"成为一片摘下来的叶子——"人物"和他的环境的有机的关系方能紧密。

第二是要谨防你的"人物"只成为某一个人物的"模特儿"。一般说来，"人物"有"模特儿"不是坏事，而且应该有"模特儿"。不过挑定了某人来做"模特儿"时，结果就成为此某一人的画像，就缺乏了普遍性。成功的"人物"描写，决不是单依了某一个人作为"模特儿"。比方说，要写一个商人罢，应当同时观察了十几个同样的商人，加以综合归纳。这样创造出来的"人物"，一方面固然是"创造"，但另一方面却又决不是"想当然"

的造作；这一"人物"说他是实在有的一位"我们的熟人"呢，倒又不是，然而"面熟"得很，"我们的熟人"们中间都有"他"的影子，都有一点儿像"他"，但并不就是"他"。各人都有点像"他"，然而又不"全"像"他"；到处可以碰见"他"，然而不能指认"他"就是谁某：这才是"人物"创造的最上乘。举一个大家熟悉的例，就是阿Q。

专依了某一个人（某甲或某乙）的嘴脸来作"模特儿"，固然像极了某甲或某乙，但在不熟识某甲和某乙的广大读者看来，就有点"面生"，那"人物"的艺术的感应力就差了（自然，倘使是写众所共知的历史的人物，又是例外）。专一临摹某一个人的面貌以求逼真的，只是真容画师之技俩；艺术家的使命高过于真容画师多得多，艺术家不是真容画师。

总结一句话，为了"人物"而搜集材料时，不但要跟着你所观察的对象到处跑，并且要跟着许多对象（同样的对象）到处跑；贪省力，只认定了"一个人"，是不够的。必须使你笔下的"人物"和社会上相当的那一群活人之间——同中有异，异中有同。

《创作的准备》

矛盾中发展的关系

应该从交流的、在矛盾中发展的关系上去观察"人"和"环境"。从这样的观察，可以灼见现象的过去、现在和未来。当你截取"现在"一段来写，你的目光当然不以"现在"为限；你的最大的努力当然是要从"现在"中透露出"过去"，并且暗示着"未来"。同时，你也自然而然会觉得如果将"环境"作为一个固定的基盘而使"人物"在这上面动作，那就和你所要努力达到的目标（从"现在"中透露出"过去"，并且暗示着"未来"）不相适合。因为问题既是要在"人"和"环境"的活泼泼的交互关系上着眼写作，则任何一方的固定化，都与你的目的有害。

最初是"人"创造了"环境"，其次是"人"的思想行动被这"环境"所支配，又次是由这被支配而发生的决定性作用又反拨了"人"的思想而产生改造这环境的意志和行动——这是一串的矛盾的发展。在这中间，"人"的能动的作用无论如何不能被忽视的。这是一个要点。把握住这要点，就会达到另一表现方式：从"人"的行动中写出"环境"来。

这和"人在环境中行动"，有根本的差别。"人在环境中行动"这一表现方式是把"人"从属于"环境"；而"从人的行动中写出环境来"便是把"环境"和"人"的关系放在交互发生作用的基础上来表现。

《创作的准备》

环境描写的标准

　　我们常常觉得有些作品写"环境"太少，以至模糊不清，有些作品写"环境"又嫌太多，读者感到累赘。对于这种毛病的通常的评语是："环境"和"人物"和"故事"的分配不适当。怎样才能"适当"呢？有人就从表面去研究，专一注意写"环境"的字数之多少，或者注意到写"环境"的段落和写"人物"的段落两者的匀称的距离。然而这样对于"分配"的注意，并不是解决问题的好办法。照这样"注意"起来，即使用了很大的苦心，"分配"得极其匀称，也不过成为竖立在"人物"周围的颇为精致的"纸板的背景"，只是一种装饰，不是活的环境。

　　如果你注意"从人物的动作中来表现环境"，那就不同了。"环境"的多写或少写，就有了一定的标准：第一，和"人物的动作"脱离了有机的关系的"环境"，自然不在你的意念之中，根本就不会在你笔下出现；第二，凡是合于需要的"环境"也可以依据了"人物"发展上的必要而决定其多寡重轻。

到这里为止，我们说的都是所谓"广义的环境"——就是一篇作品的故事的假定的发生地点的社会环境。这是包括了该特定地区的广大的社会关系和更大的时代背景。这是一篇作品脱生的母胎。

《创作的准备》

创作的方法

左拉是先写下"纲领"的。……我并不主张左拉那样的办法。我倾向于另一方法：即是先写好了一个详细的几乎等于全部小说的"缩本"那样的"大纲"，或者是一篇记录着那小说的"人物性格"和"故事发展"的详细的"提要"。而实际的写作就是把这"缩本"似的"大纲"或"提要"加以大大的扩充和细描。

巴尔扎克所惯用的，就是近于这样性质的方法。

他写小说是连草稿也不打的，他总是一口气写了一大段就去付排，然而他预先叮嘱了排字人，必须将上下行文字的距离留得很大，印出样张来，他就在样张上增补，直到样张上的空白地位都写满了——那已经比第一次原稿的字数扩充了一倍了罢，然后再去重排。而这第二次重排仍须将上下行文字的距离留得很大。他再在样张上增补，再去重排。这样增补了重排，重排后又增补，通常要四五次，这才"写定",而且也排定了。这最后的写定稿比第一次的原稿总要多出好几倍。他的写作习惯总是半夜起来写第一次的初稿，天亮以后，则在样张上增补同一小说前半的初稿或第一次第二次的增补稿。所以他的长篇小说的写作过程是一边往下写，一边从头到底一遍一遍在增补；换句话说，"初稿"就是他的"大纲"，不过他不是一气写好了"大纲"再来依着扩大和细描，而是随写随增补，他的小说是经过了多次的从头到尾的大改面目的增补而始定稿。

巴尔扎克的小说实在是易稿多次而写定的，不过他用"排样"来代替了抄写。

巴尔扎克的小说又是从一个最初的最简略的"大纲"一次一次扩大增补修改而写定的，除了最初第一次的"初稿"是十足的一个"大纲"不计外，他的第二次第三次的增补稿和最后的定本比较起来，也还是一种"大纲"。就是他的"大纲"也还是经过了二次以上的修改的。只要想想：巴尔扎克把一篇作品的材料反复咀嚼过多少回呀！

我们不一定要死板地学习巴尔扎克这奇特的写作方法。不过我们要学他这种把材料来再三咀嚼的精神，要学他的不惮烦的增补修改。

《创作的准备》

积极意义的大纲

从上面举的例，可见长篇巨著必须先有"大纲"，由这"大纲"增补修改。

当然不是说倘不先写"大纲"则绝对写不起长篇来。但是要保证一部长篇的内容不至于散漫而且首尾有一气呵成之势，则先写"大纲"是妥当的办法。

所谓"大纲"，也不是固定不变的模子。这虽然是作者把全部材料通盘筹划精心布置后的整的轮廓，可是一位作者在写作下去的时候，创作活动与自我批判的活动常常是相伴而来的，所以对于既定的"大纲"当然有修改。但是我们又须知：写长篇的过程中，作者的心头应当有全部作品的整个轮廓时时在念——换句话说，他当时手下写的虽然是局部，但他的眼光必须射及全盘，否则，将来脱稿后通篇的精神气势难得一贯。有些长篇，虽然故事是联络的，但我们读了总觉得不是整体而是许多短篇的集合，推究起它的原因来，大概就因为在写作过程中作者心头没有全部的轮廓时时在念。所以，"大纲"这东西尽管不能是一成不变的壳子，尽管在写作过程中时时有修改，而且大大地修改，但预先写一个"大纲"总是有利无弊的。

对于结构复杂，人物众多，而且"故事"是向横的方面展开的作品，预先来一个"大纲"（即使只是记述故事的要点），总该是有益的。因为这可以帮助写作时的周密，不至于顾此失彼。

《创作的准备》

创作大纲的要素

定要写一个几乎近于"缩本"一样的"大纲"，也许不是每个人的实际情形所许可罢，然而我以为在动笔以前把熟虑过的全盘内容的要点作一个备忘录式的"大纲"，实在是必要的（短篇作品不在此例）。这样备忘录式的"大纲"，可以包含下列数项：

第一，将主要人物列一表。每个"人物"名下记着他的性格、出身、体貌的特点（假使有的话），他所受的教养、思想，他在作品中的地位，他的性格的发展的过程，等等。这不但是用作"备忘"，并且还有检察的意义——看看自己对于自己所要描写的人物是否已经认识得充分。我们往往在默想时觉得一个"人物"已经活现在眼前，然而当真用笔描画时，却又模糊起来。先试描一个轮廓，可以作为考验；觉得太不及格时，就可以慎重再研究。

第二，故事的要点。这可以是极简略的梗概，但须详细记明各主要人物相互的纠葛和关系，以及

1953 年，茅盾在波兰参观访问时，与波兰群众联欢

故事的主脉何在，这贯穿于全部作品的繁杂动作中的主脉又应当如何使其有隐有现并且线索分明，不至使读者迷乱。

第三，故事发展中的重要场面——在全书中居于"主眼"的场面，也先记录下来，甚至你已经想到的紧要的"对话"也记下来（因为也许将来你写到这场面时，你所能想到的"对话"不及你在构思全篇时忽然触及的那么合适），如果重要的场面不止一个，那就一一记出来，并且可以先来比较一下，是不是它们会雷同。场面形式上的没有变化是要避免的。

第四，将作品的主题记下来。并且要记明你是准备从哪几个方面去接近这主题而将它形象化起来。同时你也要仔细研究了各主要人物在这方面所担任的任务，将它们一一记下来。

第五，分段。将预想中的全书内容分了若干段，每段用一句话两句话来说明它的内容也好。尽管你将来写起来时会大大改变这些预先分好的段的内容和前后的次序，然而预先"分段"还是必要的。因为预先分段，可使全书的材料分配得匀称些，而这是后来沉酣于写作时往往不会顾及的。

像这样"备忘录"式的"大纲"，大概是一般写过长篇作品的人都作过的，不过不一定是这样"形式"的记下来罢了。有人大概是在草簿上随意记了些，而把更详密的"计划"用"腹稿"的方式默默地组织起来。这原是一样的。不过我以为假使照上述的形式写下来也并非是失体面的事，那么，还是写下来罢。因为这样写下来以后，你对于你将要下笔的全部作品就有一个更明晰更确实的"鸟瞰"，而对于要写的东西先有一个明晰的确实的"鸟瞰"实在是必要的。

《创作的准备》

消极意义的大纲

　　我提议，在有了积极意义的备忘录式的"大纲"
而外，再有一个消极意义的备忘而兼自警的"大纲"。
就是我们不但要写下应当如何写的"大纲"，还须要
来一个"万万不可那样写"的"大纲"。

　　我们应当将写作上最容易犯的毛病列为戒条来
警惕自己，我们尤其应当从眼前的实例（就是自己
将要写的东西）中搜寻出最难克服的弱点并且预计
到最容易犯的毛病，写起一个自己警戒的"大纲"
来。自然，这样的用苦功，在某些"天才"看来，
是不值一笑的，但是对于尚未证明是"天才"的年
青的学习者以及不敢自居是"天才"的我们，这是
只会有好处，不会有害的。

　　　　　　　　　　　　　　　《创作的准备》

人物

　　还是先从"人物"讲起罢。第一，检查你的"人物表"里的各个"人物"的详注，尽管你已经觉得各该"人物"已经像真正"活人"似的现于你眼前了，你还得各个检查一下，看看他们的"性格"——被你所确定下来的性格，是不是太单纯了？他们也许都有"模特儿"的，而且你也不曾忘记把别的人们的特性加到你那些"模特儿"的性格里，使他们的性格成为复合的，但是你必须警戒着，莫使他们只变成那些"模特儿"的小照；太像了某一个真有的人，在"真容师"是成功，而在作家却是失败。

　　第二，检查你为要描写"性格"（或者为要强调"人物"的性格的特点）而给与"人物"的"动作"是不是太直线式。比方说，你的"人物表"里有一位爱国志士，而且是非常坚决的勇敢的爱国者，可是你若把他写成一个天生的爱国者，好像他的爱国是禀性使然，你写他的生活除了爱国而外就没有生活，那就是不对的。也许你觉得非如此不足以"强调"他的性格罢，然而恰恰相反，你倒将他写成"虚伪"，"不真实"了。艺术是需要一点夸张的，然而太夸张，以至于失真，也就损伤了艺术的价值。

为要谨防"人物"描写得太直线式，你又应当检查你预定的"计划"中是不是专从而且单从大事件上去表现你那些"人物"的性格。比方说，你写一个优柔寡断的"人物"，千万不要以为只须从几件大事上来描写就够了；你固然要从一些大事上烘托出这"人物"的性格，然而也极需要从许多小事上烘托出来。你更其不可以把他写成了一上来就优柔寡断到底，自始至终毫无"波折"。优柔寡断的人并不是事情碰上身就立即优柔寡断，开头时他倒似乎颇有主意的。然而倘若写来写去老是开头时似乎有主意而终于没主意，那又是不成话的，这就不成其为一个"活人"而是一副机器了。

第三，假使你的"人物表"里有一对性格相似的人物，那么，你的警戒的目标便应当是：谨防他们混杂不清。应当是某甲虽然有些小地方像某乙，但某乙有些小地方却实在不像某甲，倒是另外有些大地方和某甲相像……总之，两个"人物"的相像之处不能印板式，而相像的两个人仍然各自有他的个性。另一方面，你又应当检查你的"人物表"里的人物是不是各人的嘴脸完全不同，竟没有相似的。倘使你有五个"人物"在你的预定的作品中，然而五个人的性格竟是五种绝对不同的（没有丝毫相似的）典型，那也是不成话的。活人社会决没有那么巧。作品的真实性会大大地受损害。然而你也许要反驳道：《水浒》不是写了个性不同的一百〇八人么？不错，《水浒》是以人物个性各各不同出名的，但是细研究起来，那么多的人物也只是分属于三四类，每类中的若干人也还是彼此有相同的地方，不过妙在他们虽相似却仍然各有各的个性。

第四，要检查你的预定"计划"是不是单从一些大的特征上描出人物的个性来，你应当警戒这"好大"的毛病。应当尽量多写一些补充作用的小特征。比方说，写一个革命者，固然要从他的有见识、敢作敢为等等大处落墨，然而也要从他的（例如）不喜欢故意蓬头垢面、也能讲笑话、也注意到床板上的臭虫，等等小地方来写。千万不要误以为倘使写了这些在故事的发展上似乎没有用的琐屑，便减弱了什么主题的积极性了；放心罢，不会的！这只是使得作品的生命性更浓厚更鲜艳。

《创作的准备》

故事

　　关于"故事"的发展，首先得提防太兀突，太巧合。或许有人误以为"兀突"了才能刺激读者的情绪，"巧合"了才能引起读者的惊叹，然而事实上"兀突"和"巧合"只能给与读者以不真实的印象，大大地损害了作品的感应力；并且即使有些读者因此而兴奋而惊叹，那么，这兴奋和惊叹也是暂时的，冲动性的，立刻会消失，会感到无回味，甚或发生了索然的倦怠。

　　其次，作者千万不要将自己的嘴巴插进书里去"发议论"，也不要将自己的嘴巴插进书里去"作结论"。请不要误会我是不许你在你的作品里"发议论"。绝对不是。一位作家的"世界观和人生观"应当而且必须表白在他的作品中；一位作家应当而且必须用他的作品来批评社会，来憎恨那应得憎恨的，拥护那应当拥护的，赞颂那值得赞颂的——这都没有问题。但是，要记住的是：因为他是作家而且写的是文艺作品，所以他应当把他的"世界观和人生观"融合在他的艺术的形象中，就是要从作品中"人物"的行动上表白出来，而不是用作者自己的嘴巴插进书里去"发议论"。

也许有人提出疑问道："这话我是明白的。应当从书中人物的行动上表白了作者的人生观和世界观。然而假使一位作家所写的人物正是他所憎恨的呢？他所憎恨的人们的世界观和人生观当然和作家本人的是正相反的，那时他不把自己的嘴巴插进去可怎么办呢？"

这样的疑问，病在知其一而不知其二。须知社会是广复的，既有作家所憎恨的人，也一定有作家所爱护的人，两者都写出来，这才可说是表现了全面的人生。而在作家所爱护的"人物"的行动上就可以表白了作家自己的人生观和世界观，抨击着和他对立的思想和意识。作家自己的嘴巴也就没有插进去的必要了。

《创作的准备》

结论

但是讲到"作结论",则不但作家把自己的嘴巴插进书里去"作结论"是不行的,就是他借用书中"人物"的嘴巴来"作结论",也是不应当。

这并非说书中不必或不应有"结论"。不,一篇作品中应当有"结论"的。不过此所谓"结论"应当而且必须让读者由故事的发展中自己求得(就是作家应当把"结论"消纳在故事的发展中,用最大的技巧来表现这必然性),而不是借用"人物"的嘴巴来说明。倘使作家不在全部故事的发展中有这样的准备,而只在结尾用"人物"的嘴巴喊出来,那是最拙劣的办法,而且一定不能达到作家所期望的效果。

即使作家已经在故事的发展中用最大的技巧把他所要达到的"结论"准备得颇为圆满了,也不必特别巴结,再来正面的说明。因为这样一来,倒成了"画蛇添足",大大损害了艺术的暗示力与含蓄性。

作家不应当把读者想象得太低能。作家所要表达的意思应当尽力组织在艺术的形象之中，而且应当巧妙地保留一二分，以引起读者的思索。什么都由作家说完，不让读者发挥他的思考和理解，表面上虽似"够味"，而实际是索然无味；有些作品，使人读了一遍以后就不想再读第二遍（或至少没有再读第二遍的热心），其原因之一就是缺乏了艺术品应有的暗示和含蓄。

《创作的准备》

具有活力的艺术

不但是"结论"方面，就是在"人物"和"故事"等方面，也不可不给读者的经验和想象留余地。拿"人物"来讲罢，"人物"的个性必须写得明晰，这是毫无问题的，然而倘若误以为"明晰"者，就是尽量细描，那么结果呢，"明晰"或许有之，然而耐人思索的"魅力"恐怕一定会没有了。事实上，文字的正面描画也一定不能完全周到。如果有人尽了最大的努力，居然描画得完全周到，什么都"说完"了，不用读者稍稍劳动脑筋去思索，那也是很不必要的"讨好"。因为艺术品的教育的作用，并不是"宣讲式"的注入，并不是像解答一个代数方程式那么"公式"的，而是使读者不但在掩卷以后对于书中的"人物的运命"深深思索，并且对于周围的活人的（连他自己的）"运命"也深深思索。如果一篇作品给与读者的效力只是"哦，原来如此"，而并不能引起读者对于生活的深深的思索，这作品就不是具有活力的艺术的著作。

自然，构成一篇作品的"耐人咀嚼，发人深思"的条件是多种而且多方面的，但在技巧方面的必要条件之一却就是：留一点余地给读者自己用经验和想象去填补。我们当"观察"时，自然必须看到"人物"的每一个"纽扣"，愈周到愈好，然而在描写时，应该抓住了最典型的特征来写，而把其余的信托给读者的想象。

《创作的准备》

文学作品的动作描写

在"动作"的描写上，亦复如此。我并不反对从正面去描写一个多数人物参加的紧张的场面——不，有时这且成为必要，但是我们千万不要企图用罗列无遗的方法去表现一个紧张的场面，尤其不要死心眼地单从这场面的正面上描写。从侧面来写几笔，看来好像是"闲笔"，和那场面的直接动作没有关系，可是能够增加那场面的紧张的氛围。例如写黑夜行军，有经验的作者便要写到林中的宿鸟如何惊飞，荒村的野犬如何远远地吠叫；这些都是"闲笔"，然而在读者的想象中就填补成了一幅极生动的夜行军的图画了。

有时候，正面描写一定要失败。比方说，写一个女子的美丽，倘使你搜罗了所有的"美丽"的字样来形容她的容貌和姿态，未必能给读者以活泼泼的印象。古诗人写一个美貌的采桑女子罗敷[①]，并

---

① 罗敷：汉朝乐府《陌上桑》中的女性形象。

不描写她的眉目嘴鼻生得如何好，却从耕者、行者、肩挑者见了罗敷都出神仁观，忘记了自己的事，这种"闲笔"上去烘托，于是乎在我们的想象的眼前的罗敷，不但是一个活的美人，而且是在许多活人中间的美人，由此构成的罗敷的美丽的印象便异常充实而复杂，比抽象的赞美不知要强过多少倍了。写美人如此，写一个人的丑恶、伧俗，亦复如此。自然，容貌和姿态的描写亦属必要，完全从侧面去烘托出一个人的美、丑，或伧俗，那又未免太"空灵"了；问题的要点是在考虑到读者必有的想象力而在正面描写以外辅以侧面的烘托——不，应当是用侧面的烘托来救济正面描写的不足；而正面描写也必须抓住了最特征的来点明，不能用罗列法。

《创作的准备》

"合式"的材料

　　再说：平常并没特意要观察什么研究什么的时候，原也觉得可写的材料真不少，一旦特意要去储蓄材料了，反而东看看西找找都没有合式的——这样的情形，大概也是有的。我打算先来反问一句："你这所谓真不少的原也觉得可写的材料，当真是有着强烈的印象和真切的认识否？"应当检查一下你这些"原也觉得可写的材料"会不会只是浮面的而且模糊的"生活的皱纹"。万一不幸而是的，那么你虽然"觉得可写"，但你当真要写时却又"觉得"还是无从动手。大凡有了一个"题目"光是想想倒兴会勃然，而一至提起了笔却又感到无从下手的，大抵是"尚未成熟"之故。这种幻觉的"成熟"，首先应该检查。

　　其次，你这所谓"原也觉得可写的材料"怎样产生的？是直接从生活经验得来的呢，还是间接得之于报章、书籍，或谈话？如果是从前者，那么，你既然并非特意要观察什么研究什么的时候，尚且能吸取可写的材料，而谓一旦特意去储蓄材料便会迷惘，未免是不近情理。反之，如果是从后者（得之于报章、书籍或谈话），那么，你就一向是对于实生活不大敏感的，你虽有生活，然而你对生活的眼睛没有睁开，因而你的一旦"特意要去储蓄材料却反觉得东看看西找找都不合式"，并不是实生活中缺乏"合式的材料"，而是你的对生活的眼睛初次睁开，受不住生活的强光的刺激，你的眼发眩，辨不出哪些材料是合式的。唯一的办法是不要性急，慢慢地艰苦地使你的眼睛不发眩，而且养成锐利的视力。

最后，要是你心上老钉着一个"找材料"的念头，像到菜市里去找一个熟人似的，唯恐时间一过，菜市人散，你将一无所得——存了这样的心情去"搜集材料"，则也是不行的。那就免不了会发生"东看看西找找都不合式"的恐慌了。你应当不把"找材料"的念头箍住了自己的心，可是要时时警觉着，不使有意义的材料轻轻滑过；你不要像负了"访查"什么的责任——像报馆访员似的，一天之内定要"得了"些什么算能安心；这样太机械的心有所注的办法是很糟的。总之，"搜集材料"应当是不慌张不性急的时时留意处处留意，也许有一时你觉得看看都不"合式"，然而慢慢地你就会看到"合式的"原也并不少呢！

《创作的准备》

对作品进行完善

批评家的批评，是帮助作家知道自己毛病的要素。并不限于批评到自己的文章，凡是好的文艺批评，都对于一位作家有益。对于自己的批评，固然要读，固然可以由此认明了自己还不大了然的毛病，然而与自己无涉的一般的文艺批评也必须广泛地阅读，才能触类旁通，悟到了自己的缺点。作家在批评上的"受益"，除了少数例外，往往不是直线式的。往往是经过了若干时候，作家把自己的旧作再读一遍，会忽然像读着陌生的作品似的看出了多少毛病。

对于名著的研究也是使得作家知道自己毛病的一大助力。在研究中，你一面惊佩，一面就会想到自己的作品而汗流浃背。这汗不是白流的，你已经认明了自己的毛病。每一次的自己知道了自己的毛病，就是证明着你在那里进步。自然，如何克服这些毛病而写出更好的作品来，那是又一问题。

所以，要是一位作家写成了一篇作品，自己看看不满意而又苦于自己不知道毛病在哪里，那么，第一他千万不要灰心，第二不要烦恼，他最好把这篇作品藏起来，就像不曾写过，就像忘了似的，一面却照常用功——读书，观察人生，思索，隔了多少时候，然后再拿出那篇作品来读一遍，那时他大概会看到了一些先前未曾自知的毛病，要是仍然看不出，他就照旧放在一边，像忘了似的，一面照常用功。

说起来，这似乎太麻烦了，而且好像只是"有闲者"方能如此细琢细磨，但是除此而外我想不到更好的方法——不，更好的方法也许是有的，比方说，将来世上或者有"文学作家养成所"那样的机关，作家的作品可以在那里立即受到"批改"，然而现在还没有，我们只好耐烦点。

"捷径"或"秘诀"是没有的。

《创作的准备》

第六辑：写给初学写作者

1955 年 8 月，茅盾与孙女在上海

爱好文艺的性习

任何人都有爱好文艺的性习。一个推小车的苦力，如果他的经济情形许可，在劳役之后到茶馆里去听《水浒》，或是到游戏场内去看"笃笃班"①，便是他的爱好文艺的性习的表现。乡间社戏，草台前挤满了焦脸黄泥腿的农村劳动者，在他们的额上皱纹的一舒展间，也便表现出他们的爱好文艺的性习。自然，你很可以说茶馆里的说书者，游戏场内的绍兴"笃笃班"，乡间农忙后的神戏一台，都是趣味低劣，都不合于咱们现在所谓"文艺"的条件，但是请不要忘记，这并不是因为他们（推小车的苦力、乡村的劳农，等等）天生成了只有低劣趣味的爱好文艺的性习，而是因为他们并不像你和我一样是少爷出身，受过文化的教养，生活在"高贵的"

_____

① "笃笃班"：当时流行于浙江民间的小剧团，越剧的前身。

趣味中，并且社会所供给的能够适合于他们经济状况的娱乐（就是他们还能够勉强负担的娱乐费），也只有那样趣味低劣的货色。除了这因为经济条件而生的差别以外，他们在听《水浒》，看"笃笃班"时所表现的爱好文艺的性习并不和你们看"高贵"趣味的文艺作品时的爱好文艺的性习有什么本质上的差别。

再进一层言，他们是一般的对于文艺作品（你不要笑，请暂时为说述方便计，把文艺作品这头衔借给茶馆的说书、游戏场内的"笃笃班"等等一类罢）的态度很严肃。他们上书场，听"笃笃班"，看社戏，并非完全为了娱乐，为了消遣，他们是下意识地怀着一个目的——要理解他们所感得奇怪的人生及其究极，他们常常有勇敢的批评的精神。（再请你不要笑，我们把庄严的"批评"这术语，也慷慨一下罢）从前有一本笔记小说记述扮演曹操的戏子被看戏的农民当场用斧砍杀，便可以说明他们有勇敢的批评的精神，他们把戏文当作真实的人生来认识，他们看戏时的态度异常严肃。这种严肃的态度、勇敢的批评的精神，便是爱好文艺的性习之最健全的活动。反之，把文艺作品当作消遣，当作"借酒浇愁"，当作只是舞台上纸面上的离合悲欢，那便是爱好文艺的性习之十足的病态的表现，那也只有少爷出身、受过文化的教养、生活在高贵的趣味中的人们才会有这病态。

所以，我再说一遍，任何人都有爱好文艺的性习。青年的你们，在这危疑震撼的时代，社会层处处露出罅裂，人生观要求改造的时代，爱好文艺，自是理之必然。我并不以为青年爱好文艺，便是青年感情浮动的征象，我更不以为青年爱好文艺便是青年缺乏科学头脑的征象。是的，我们不应该笼统地反对青年们之爱好文学，我们应该反对的，是青年们中间尚犹不免的对于文学的病态——没有严肃的态度和批评的精神。我们尤其不能不反对的，是把"爱好文艺"当作个人的"志向"！曾听说某地中学入学试验中有"试各言尔志"那样意义的题目，结果有许多答案是"爱好文艺"。这显然是把"爱好文艺"的意义误解了。爱好文艺是人类的本能（这里所用文艺二字是广义的），自原始人即已然。如果说一个人"志在文艺"，那就是另一件事了。我们自然不赞成现代青年都"志在文艺"，同时我们也反对抑制人类的爱好文艺的本能。问题是：第一，千万不要把"爱好文艺"误为个人的"立志"；第二，即使是意识地要"立志"在文艺，也不可以随随便便就"立"。

《致文学青年》

文学青年的梦

我们现在单指出文学青年许多梦中最普遍的一个梦。

这梦的过程约略如下：

他的第一篇作品通常是个人经验的一断片，三分描写，七分叙述。题材正是所谓"身边琐事"。可是发表了。这在他是一种鼓励。因为他是"志在文学"，他是虚心的，他要知道自己的缺点，他要求批评。自然不患不得批评。他知道自己的题材范围太狭小，自己的观察不深刻不锐敏。"我到底有没有创作天才呢？"——也许他这样天真地迫切地追问。回答是：无所谓天才不天才，只要你努力淬砺，便有进步。努力么？他是立志努力的。不过总得有方法。于是他又得到了回答：要有广博的生活经验，要有社会科学知识的基础。广博的生活经验么？他自问是有的。他已经不在学校读书，他奔走衣食，他在社会上混。他觉得肚子里的材料多得很。至于社会科学的基本知识，他可以看书。他是努力的。他在职业的余暇看书，并且创作。他写成了，他"改变"了作风。但是批评呢？使他倒抽一口冷气。可是也得了鼓励：不要灰心！他再写，他写了许多。但是他渐渐对于自己"怀疑"。他不是狂妄的人，他承认自己所写的东西不免浅薄幼稚。这样的作品，他不好意思拿出去见人。他一心想写成一篇"杰作"，精心结构的"杰作"！而这样的杰作自然需要长时间的静思默念，以及更长时间的写作改稿。然而他有职业，他的时间常苦不足。早上睡在床里闭着眼刚刚想得了一点"好意思"——或者说灵机忽动，文思来了，可是已经七点钟，他不得不赶忙洗脸吃早饭，赶快到他衣食所依的办事地方去了。他有很多的材料，可是向来就没有足够的时间放手写来。到这时候他恍然"觉悟到"职业妨碍了他的创作。他是"志在文学"的，他不肯"自暴自弃"，于是他毅然丢掉了职业，租一个亭子间，埋头疾书，想完成他"理想中"的杰作。十天，八天，一个月，两个月，他脱稿了。拿出去给人家看。脸上浮着谦逊的微笑，准备听取赞扬。他也听到赞扬了：那是赞他努力，赞他刻苦。可是作品怎样呢？人家皱了眉头，苦笑着说："漏洞还是很多；人物像是纸剪的，故事先后不接笋，并且，并且，你的观察还是没有深入。毛病是浮浅粗糙！"于是我们的文学青年红涨了脸，心里非常难过，他挟着他的作品回去，躺在床上嗒然若丧，他开始有点怀疑那批评家没有眼光，他愤恨不平。但是在他心深处却又有一个声音警告他道："你这失败是必然的！因为在你写作的时候，你的心始终不安定。你惦念着房租、饭钱，你又为了许多琐屑事情分了心；你写得很起劲的时候，忽然烟卷儿没有了，茶壶里也干了，你就不得不放下笔，自己去泡开水，买香烟。等到烟茶全有了，你的'灵感'早又逃走。并且前楼里的一对夫妻半夜三更吵架，客堂里的一家整天整夜打牌，你的眼看在稿纸上，你的耳朵却听着前楼和客堂——你怎样能够安心静心创作？"这都是实情，我们的文学青年不能不承认。他觉得自己的作品即使当真不行，那过失都在"环境"，他没有那产生伟大作品的"环境"！他想起了伟大的托尔斯泰伯爵因为不愁衣食，有幽静的别墅，有美貌聪明的太太做伴，一篇作品横改竖改，不论几多次，总有太太的纤手给他誊抄，所以托尔斯泰的作品就不凡了；他又想起了许多别的大作家都是在名山胜水古刹高楼里悠闲地写作，白天骑马游泳，晚上喝了一杯浓浓的黑咖啡，衔着雪茄，美丽的女打字员坐在一旁，自己不用动手，只要一面踱着方步，一面念出来就行了。创作原是要在这样的"环境"下才能产生的呀！这样想着的时候，我们的文学青年倒又有点怡然自得起来了，至少他相信自己的失败"非战之罪"了；同时他就要"梦"一下：他很谦逊的，他只"梦"着忽然得了三五万的横财（或者是什么拿干薪的美差，或者竟是什么文化机关预定了他的创作，按月致送丰厚的膏火），于是明窗净几，爱人相伴，宁心静虑，一个字一个字慢慢地写。天哪！什么时候他这"梦"能成事实呢？他丢下笔，便诅咒那万恶的社会了。

　　这就是一个并不狂妄的文学青年的梦，我们也承认这样的梦算不得过分的奢望，但是很可惜，我们的文学青年竟忘记了高尔基的初期作品并不是坐在大洋房里桌子下面堆满了卢布很悠闲地像托尔斯泰伯爵那样地写；也许我们的文学青年看不起陀思妥耶夫斯基，但是陀思妥耶夫斯基的第一部作品[①]也是肚子半饿时写的；还有巴尔扎克他一生就只住了阁楼，吃着沙丁鱼夹面包，一生被债务压着，可是他也写了他的《人间喜剧》。

《一个文学青年的梦》

[①] 第一部作品：指《穷人》（1846 年）。

"眼高手低"

　　据我看，"眼高手低"并不是个坏现象，如果连"眼"都不"高"的时候，要他"手"会"高"起来，那是很不容易的。无论怎么样，观察力好，写作技巧一定会提高，"眼高"可以说是一种好现象。眼高而手低，也是一种必然的现象，今天眼高，明天手也会高的，到了眼高手高的时候，那是已经炉火纯青。这个问题也就是理论与实践的问题。

　　据我想来，大概我们先有欣赏力，先有眼光，然后技巧就会慢慢进步起来。所谓欣赏力，在现在讲起来，当然并不是一个单纯的技巧的问题，在技巧以外，还有思想问题在内。因此我们要造成功一种欣赏力，是需要很多基础知识的，譬如刚才所讲的社会科学的知识与理论也是一种。不过这些知识或理论，也有深浅，有只懂得皮毛和有全面深刻的理解的分别。社会科学如果只懂得皮毛，似乎也很容易，看两本小册子，如果记得很牢的话，也可以说是懂得，不过这并不是真的懂得，不能算是自己的东西。本来社会科学是用来帮助观察社会现象的，如果只是一知半解，只把社会科学的理论当作一种公式，反而会妨碍自己的思想，使自己的作品公式化概念化。所以我想，社会科学的知识是应该有的，但不能只懂得皮毛，而应该有彻底的了解，使之成为我们手内的显微镜、望远镜，这样才会观察得更深刻。

《杂谈文学修养》

读名著起码要读三遍

据我想来，或者说凭我自己平日的经验与习惯，读与写应该连贯地应用。老是读而不写，好像打拳的人只看了几本拳谱，而不上手打，这是不行的；可是老是写，而不回头读，也犯同样的毛病。最好在一个时期内读而后回头想写。我们在读名著的时候，不妨拿来和自己比一比，看我好还是他好，如果是他好，就要研究他好在什么地方，包括用词方面和写动作写风景方面。读的时候，要想到作者的思想，要看到作者在这篇作品里写的是什么社会问题，写了哪几个典型人物，再想想他用怎样的形象表现出来。大抵第一遍看的时候，只是情感上受感动，看第二遍的时候就会想到有社会问题在内了，这是理智的感动。这里就要研究他用什么方法收到这个效果，我们就可以拿来详细地解剖。第二步我们要试试找出它一点错处来，先不要给"名著"两个字吓倒，所谓名著，不会完全没有缺点的，如果我们找到了漏洞，那就是我们的进步；如果我们找过而没有发现漏洞，或者有了问题都能够解答，知道作者在运用何种方法表达他的思想内容，这也是有进步的表现。第三，读名著起码要读三遍，第一遍最好很快地把它读完，这好像在飞机上鸟瞰桂林城的全景，第二遍要慢慢地读，细细地咀嚼，注意到各章各段的结构，第三遍就要细细地一段一段地读，这时要注意到它的练句练字。你读了一本名著，经过半年或几个月再拿来读的时候，你从前的心得，一定会有所修正，否则就是没有进步。

《杂谈文学修养》

写作的计划

现在讲写的问题。大概一个人在生活中积累了若干素材，又读了书，觉得好像题材成熟，思想很多，技巧上也很有办法的时候，就要动手写。说到写，有些人好像说写作冲动来了时便是你该写的时候，其实写作都是有计划的，"冲动"这两个字，意思应该是"成熟"，好像瓜熟蒂落，小孩子非生不可一样。所以写作一定是有计划的，到了很成熟的时候才能写的。但到了什么地步才可以算成熟呢？假定我们要写一个知识分子，我时常在那里想：写怎样一个人物，怎样一个事件，事件本来是由人创造出来的，这个人物碰到了些什么事情，碰到了事情怎样对付，怎样用一种很精采的对话把这个人物的性格表现出来。这种种，想之又想，待到十有八九，似见这人物清晰地站在面前了，此即所谓腹稿已得，那就可以说是到了成熟的地步。如果一想起来，要写的人物还是很模糊，那就是没有成熟。

　　写应该有计划地写，要到题材成熟的时候写，要到胸中填满东西，非吐不可的时候再写。写了以后，如果觉得跟名著相比有点模仿的样子，那也不要紧，人生入世，第一桩事就是模仿，婴孩倘不模仿大人，就不会说话，第一次模仿是并不要紧的，但我们要能自我批判，积累模仿的经验，而发展自己的创造力，第二次再来写，看这次写的结果怎么样。写了作品，能发表当然很好，因为可以得到批评，纠正自己的缺点，不过在现在的中国，这个便宜未必准能沾到，因为批评界还不大健全，说好的地方未必真好，说不好的地方也未必中肯，反而会把作者弄糊涂。如果不发表的话，写好了过一个时期再拿出来看看有没有可以修改的地方，如果觉得有可修改的地方，那就显得你自己已有进步。

《杂谈文学修养》

写作如何剪裁

在写的过程中，有几个实际的问题。一是所谓剪裁的问题，这是很重要的。所谓剪裁，在原则上，就是一篇作品应有一个主要意义或主题，凡是跟这个主题有血肉关系的，应该留下来，如果去掉了不会损害主题的明确性的，那就在可去之列。在人物性格方面，也有个剪裁问题，如果去掉了会损害人物的性格，那不能去掉。写风景也是一样。人物个性的描写，有许多人有这么一种手法，他写一个人物，就写他一个特点，比如烦恼的时候就抓抓头。这样写特点，可以表现这个人物的特征，但也不可用得太滥太多，使人觉得讨厌。还有一点，许多人写人物性格，往往有一个毛病，譬如写阴险的人，就把他写得一举一动都是阴险的，这也是不合理的。其实一个人虽是阴险，但当他无意中问一句"你吃了饭没有？"的时候，不一定也是阴险的，如果这样写，反而使人觉得不像一个活人，倒像一个怪物了。

好像是普希金给人家的信中，说到拜伦和莎士比亚的比较，他说莎士比亚要比拜伦高明得多，如果作为一个戏剧家的话。这就是说，拜伦写人物不如莎士比亚。莎士比亚写的人物，一个个是活的人，在社会中可以找出来；而拜伦写的人物，往往是他自己的化身，往往以拜伦自己的性格的一部分赋予一个人物。拜伦的性格包括得很广，他拿一部分给这个人物，又拿另一部分给那个人物，所以他的人物虽然有多种性格，然而只是拜伦之化身。普希金这话，很值得注意。我们要写一些不同性格的人物，并不困难，但要不做拜伦，而做莎士比亚，就很不容易。

《杂谈文学修养》

写作如何观察

再谈所谓"观察"的问题。人物的观察，这有许多正确不移的理论，是大家所知道的。

高尔基说你要写某一类的人，你不能只看一个人就算数，如果你拿小商人张三做模特儿来写，即使写得好，亦不过在无数小商人中，画了一张张三的肖像。所以高尔基说你要看许多小商人，找到他们的共同点，来综合地写。我们观察人物，还要从各方面，从各种不同的场合来观察，比方仍以小商人做例子，他在铺子里做买卖的时候，我们应该观察，对待伙计学徒的时候，回到家跟老婆一起过生活的时候，我们也应该观察，最好连做梦上茅房的时候也跟去看看。我们描写熟朋友比较容易，也正是因为生活熟悉的缘故，不但知道这位朋友对于人生大事的看法和作风，也知道这位朋友什么时候跟老婆吵架，什么时候打他的孩子，甚至什么时候买不到一笔便宜的东西，一夜睡不着觉的事，写起来自然比较深刻。

好管闲事是我们做小说的人最要紧的事，你要去听，要去问。主人的性格，有时会从娘姨口中得到很好的材料。

写人物性格，应该注意从小事情上去写，光从大的地方去写，就会流于公式化，所以我们不能不好管闲事。比如我们去旅行一趟，坐在三等车里听听人家的谈话，再回想自己所写，对照一下，看自己写得对不对。

要对现实社会理解得透彻深刻，除了深入生活、实地观察外，也需要从多方面得到帮助。事实上，一个对现实一点理解都没有的人，是不会有的，所以我们现在说的对现实的理解，是把已经有的认识，已经有的看法，拿来充实、纠正。第一，许许多多人写了关于现实社会的论文，我们应该拿来读，看他们的话同我们所理解的合不合，有时觉得人家的话不通，有时觉得人家讲的比我透彻，这都有助于我。第二，看现代人的作品，大致现代人的作品，都不能完全脱离现实，也可以作为帮助。第三是留心报上的新闻，可惜现在的报纸，可以供我们参考的材料实在太少，不过多少仍旧可以看到一点。顺便讲到，近年常听到一句话，说抗战以来，还没有产生一部反映全面的伟大作品，有些人于是说："要写一部从前方到后方，从血肉斗争到发财恋爱，无所不包的数十万字的作品。"当然，能有如此"全面"的作品，并不是坏事，但"全面"之意，倘解作无所不包和数十万字之长，那也是欠通。我们的抗战是民族解放战争，而同时我们又是在进行一场从半封建的社会进步到民主国家的战争。一部作品如果只写出了上半篇（即民族解放战争），虽包罗万象，长数百万言，仍旧不是全面的表现；反之，虽短，虽只写现实之片断而主题则包举全局，亦应称是全面的表现。问题是应该这样看的。我们观察现实，也不要只看一半，就是观察人物，也不能只看一半，所以我说还要观察他的梦。

《杂谈文学修养》

写作如何用字

从事写作的首要条件当然是善于用字。思想、情绪、形象，都要靠确当的字来表达和描写，用错了字，便会"辞不达意"，乃至与本意相反。初学者往往心里有了东西写不出来，闭目一想觉得头头是道，拿起笔来，却便枯涩阻滞，这也是大半由于"字汇"不够。不但初学，即使是富有经验的作者，也常常碰到一字的难关，反复推敲，总觉得不惬意，及至忽然得之，原来亦甚平易，并不出奇，此时的愉快，与数学家骤解一难题，仿佛相似。这样看来，所谓"炼字"这一层功夫实在永无止境，而与一个作家的写作活动相终始的。

然而正因为是终身的永无止境的工作，所以初学者虽不得不把它当作基础的工作，可也未便把它在文学修养诸条件中的比重，看得太高。讲究如何用字，使每字皆能妥帖，这是写作的必要条件，但是仅仅具有这个条件，只使你"能"写而已，未必能使你写得好！或换言之，只使你能文字通顺而已，未必能使你的文章有惊人的光芒。如何方能有惊人的光芒呢？这不是一个用字的问题。"语不惊人死不休"，这句话，往往被解释为"炼字"的功夫，其实这应该是属于造意构思这一方面的功夫，如果认为是"炼字"的功夫，那只是一个技巧的问题，若认为是造意构思的功夫，那就是思想问题了，其深浅不可以道里计。但向来学杜者大都认此为"炼字"问题，于是务求"惊人"，以能用冷字僻字，能用险韵，为贵；结果，走到了牛角尖，生硬晦涩，连"达意"的条件都不具备了。这样看来，单讲究用字是有流弊的；"炼字"的目的，本为使文字明快流利，但其极端则所得效果适相反。初学者如果坠入此魔道，便很难自拔。

常见有些作者，刻意求文字之美丽，专在字面上用功夫。美丽的形象，应有适当的字汇来构成，这原是不错的；但二者实应同时产生，浑然自成。如果说形象先已有了，而尚待搜寻字汇以具现之，这便是不可思议的事。倘若真有这样的情形，那大概还是因为他胸中本未有物，故待搜寻字面以构成。这样催生出来的东西，往往徒具形骸而无精神。虽然罗列了美丽的字汇，未必能给读者以美感，甚或相反，叫人觉得恶俗。

先求造意构思的警辟；观察能锐敏深入，感觉自然新颖俊逸。脱离了现实的空想、幻想、玄想，都等于术人炫奇，不足为训。一般人以为现实所有无不平凡，这见解是错误的。在现实主义的艺术家的眼光中，现实的一切，充满了不平凡，因为现实的一切充满了矛盾而且时时刻刻在转变。我们要在造意构思方面做到

"语不惊人死不休"，先须养成发现矛盾、洞明变化的观察力。在活的现实中，就有新鲜泼辣的字汇，就有变化不居的技巧。前人在技巧上的成就，我们不应该轻视，但是亦不应该受其笼罩，不能自脱。我们要能钻进去，但尤贵能突围而出。前人的技巧从何而来呢？当然不是由于天授，也还是从生活体验中得来。我们的生活现实既与前人的大不相同，当然在我们的生活现实中就孕育着不少技巧——新的技巧，只待我们努力去获得。这一点，只看文艺各部门形式的演变发展，就可以明白；何以近代小说这一个形式，要到工业时代才产生而发展，何以"史诗"这一体裁不能复兴于后世？旧时的解释已经被证明是不对的了。

故为初学者设想，凡技巧上诸问题（包括所谓"炼字"在内），固然不可不下一番苦功夫，但尤其不能不下苦功的，是在观察力的养成；技巧的获得固可借助于前人的作品，然而倘以乞灵故纸为已足，而不求诸活生生的现实，势必成为井底之蛙了。故曰：文艺修养之基础功夫，应从广处下手，如果抱住了文艺二字死做，结果当然也可成为文艺作家，但正恐难逃于雕虫小技之讥。

《大题小解》

写作如何摹仿

摹仿其实不一定要不得。现在一般人的心理，总觉得"学习"二字颇为冠冕堂皇，"接受遗产"一语自然更体面，但又似太尊严了，有点不好意思仰攀（或不敢妄僭），独于"摹仿"则视为卑鄙，羞出于口。事实上，"学习"仍有类于"摹仿"，而"摹仿"常僭称为"学习"，反而弄得界限不明；甚至标榜"接受遗产"也用摹仿精神来挂羊头卖狗肉了。

持平而论，摹仿不一定要不得。不过有一定的限度。超过了那限度，可就不行了。人类当原始时代，摹仿在行为中是占重要意义的，巢居穴居，是摹仿，刳木为舟，也未始不是摹仿。但原始人之何以可敬，即在能由摹仿而进于创造。这样看来，摹仿可以说是创造的第一步。婴孩学语，也是从摹仿开始；当其初学之时，有些语句的意义他实在尚未了然，可是他好于学舌，学着使用多次之后，就把那意义渐渐弄清楚了。天聋者常是哑巴，因为他从小就没有摹仿发音的可能。旧时蒙童习字，先必描红，旧式匠人教徒弟，并无什么方法，只教徒弟看着学样；这都是摹仿之应用。这样看来，"摹仿"又是"学习"的最初形式。

但我们拥护摹仿，只能到此为止。过此一步，则本为向上的垫脚石，就转而变成绊脚石了。那么，"摹仿"和"学习"的分别在哪里呢？在有无自觉去争取方法，并究明原理。再拿旧式手工业学徒的作业来做比喻罢，师父尽管是老作风，只叫看着学样，没有一言指授"窍脉"，但聪明勤勉的学徒会从中悟得方法，熟能生巧，于是举一隅而反三隅，或者能就紧要之处发一问，由此得了一言半语的"传授"——这就是"学习"了。至于蠢笨懒惰的学徒，只知画依样的葫芦，并无争取方法的自觉心，那就一直是在摹仿，三年满师之后，除了曾见师父做过，自己看着学样过的东西以外，恐怕一点也不会动手。现在通行的风气是向古典作家学习，诵读古典作品成为一时好尚，而且也常听得"不要徒袭皮毛，流于摹仿"的警告；不过仔细想来，"皮毛"倘与"精神"对举，则翻译为现行术语时，正不妨说"皮毛"相当于形式。如果如此，则我以为即使是"皮毛"罢，也不是徒然摹仿可以袭得的。这也得依着争取方法，究明原理的路线，然后能有所得；而能争取方法与究明原理，则不但"皮毛"，连"精神"也不难"袭"取罢。这是"学习"之所以为"学习"，不同于"摹仿"之处。

"学习"与"摹仿"的界限不明，乃是近来学习空气虽颇浓厚而学习效果仍不多见的原因。学习者虽沉酣于古典作品，但不知不觉走上了摹仿的路线。常见青年们三五相约，共读一书，读完聚谈心得，互相辩驳；这样的办法非不认真，但是也还不能说是已尽学习之能事。因为这样读完之后漫谈一通，仅胜于掩卷辄忘而已。必须在诵读以前有具体研究方案，例如提出应注意各点，列为问题。这种方案，亦应各书不同，须得学力较深者随时订定之。所以学习要有指导。指导者的任务不在讲解一书之如何优美，而在帮助学习者获得方法与究明原理——从个别的名著中获得剪裁、描写、布局、炼句种种技巧，以及究明创作方法之一般的原理。

《大题小解》

写作如何面对遗产

　　无论什么遗产，必不能照原样接受了来应用。倘有这样的现象，那就不能算是什么接受遗产，而只是摹仿。而这一民族的文化便不能有进步。任何时代的卓越的文学成果，一方面固然是时代的产物，而另一方面则不能不是前代的优秀遗产之转化与发扬。古希腊的两大史诗，也不是"平地一声雷"忽然而降生，如果没有希腊民族早期的拓地殖民的武功、航海掠奴的商业，没有那因为贪得土地财富而诱起的手工业与其他生活技术的进步，那就不会产生两大史诗原始的形式——行吟诗人口诵的断片故事；如果没有雅典希腊时代的辉煌文物，那么，这些行吟诗人口诵的片断故事，也不能被增润编整而成为两大史诗最初的写定形式。并且由此又可知道一个民族的文学遗产并不限于书本形式的作品。我们现在提起"接受遗产"固然不能不想到汗牛充栋的线装书，然而也不可忘记，在线装书以外，还有许多遗产，仅以最主要的文学用语而言，我们的极丰富而复杂的方言，便是一项宝贵的遗产，而解决"字汇贫乏"之道正该从锤炼方言入手。

对遗产要有学习的精神，同时也应有批评的精神，故如何接受遗产，具体方法颇难言之，但原则不外如此罢？

《大题小解》

描写的技巧

最初，从自然界中找到比拟，诗人们创造了描写的技术，例如"蝤首""蛾眉""蜻蜓"般的颈脖之类。实物的比拟，这是描写技术发展的第一阶段。

其后，想象力更发展了，则有"雷霆"以喻震怒，"冰霜"以喻坚贞，描写心情的怡旷悠然自得，则曰"如坐春风"。这是描写技术发展的第二阶段，是用自然现象来形容人的情绪了。于是比拟之一事，不但增加了广度，而且也增加了深度，可以曲折而复杂，引人玩味，发人深省了。希腊古诗人琉善在他的《苍蝇赞》中，指出荷马屡次用"苍蝇的勇敢"来形容最杰出的英雄；荷马把挥去后旋又复来，钉住了它的目的物决不断念的苍蝇的行为，借以形容英雄们的无畏与坚定的精神，他不用狮子、虎豹等等来比拟，而用苍蝇，初看之下，似乎不伦不类，但是当你明白了这比拟的意义以后，你的印象就特别深刻，因为狮子虎豹的勇猛不是我们目击的，而

"苍蝇的勇敢"则我们不但天天看到而且身受其"教训"。荷马又常用"苍蝇的敏感"来形容那些远远见一目标就立即趋赴之的人们。

最初，人们从自然界的形形色色取得了描写技术的基本法则。自然界之美之巧，被观察学习而取以为创造文艺作品之技巧——"文采与结构"的资本。其后，人们则又从人类所创造的生产工具、生产方式等等所谓"第二自然"，取得了轨范，而使描写技术更复杂更完备。结构上的紧密而有机化，色彩音响之人间化，都是要到近代机器工业发达以后才能有。现在我们的描写技术和古人相比，最显著的不同是古人富于静的美，我们则富于动的美，古人"取法自然"，而我们则"近取诸身"。

古人在描写技术上所得的成就，我们是珍视的，然而我们事实上不能不求前进，不能不在古人所已达成的描写技术之外更探求新的描写技术；因为我们的生活环境和古人的大不相同，新的生活环境里的事物已经不是旧的描写技术所能包举。最显而易见的，同时又是描写技术上最基本的一点，就是我们本来所有的语汇感到不够了。新的事物，产生了新的名词，这里的问题还简单，我们只要采用就得了——虽然有时还须加以琢磨；但由新的生活环境所造成的新的人事关系，所产生的意识、情绪、感觉，那就多半要创铸新词了。

现代的都市生活，机器工业的生产方式，都不是古人所有的那一套描写技术可以应付得了。未来派曾经想出了变化字句的行款排式以及字母的大小等等方法来，但这种方法太简陋，实在不足以传达现代生活的情调。未来派出现时代的意大利，还不是高度工业化的国家，这些未来派的诗人们小说家们画家们，主观上有这要求——用新的技巧来表现现代的产业都市的生活情调，但是他们的生活环境的客观条件尚未具备，所以结果他们自诩为创造的描写技术不过等于小孩子在墙上画个乌龟。一个乡下人初次来到现代的产业大都市，回家后不知道用什么话来"描写"他所看见的新奇，原因即在他平常过惯的生活方式还没给他准备好条件产生那对于现代都市的描写技术。生活（广义的）限制了描写技术，但生活也产生了描写技术。所以我们可以说：描写技术无一成不变之理，它不可能超越时代，但万万不应落在时代之后。

《谈描写的技巧》

一部作品的创作过程

　　一个作家生活在社会中，他所接触的事物，都可以成为写作的材料；作者当尽可能从他所最熟悉的最有机会接触的生活环境中去观察和体验。这是随时随地的体验和观察，这是经常的"工作"，这即是"生活"。他应当从他的朋友中集合这一个人或那一个人的性格中的某一点，组合成一个人物的性格，这人物有些方面像某甲某乙，或某丙某丁，却又并不真正是某甲乙丙丁，而是某甲乙丙丁……的综合。故事的构成也复如此，集合了社会生活中同一类的事情的特点，而组成一个新的故事，虽然它没有在社会上发生过，然而有百分之百的可能性在这样的一个社会中发生。至于地方背景，因为是他生活的环境，自然是天天接触，时时有所领会的了。这样日积月累，直到闭目便赫然可见他所"创造"的人物、他所"虚构"的故事，电影似的在面前移动，这时候，他会熬不住，一定要写，这时候，他写得一定很快，而且一定很生动有力，富于热情。这就是一篇作品的创作过程。

有一个关于《水浒传》的故事，说施耐庵写《水浒传》的时候是先画了一百零八人的图形，朝朝暮暮揣摩入神而后动笔写作的。我们姑不论《水浒传》原是一种民间故事，施耐庵或许仅仅加以最后整理和写定而已。即使退一步说，认为是施耐庵的个人创作，那么如果他脑海中先没有这一百零八人的面相，他又如何能够画得出来呢？可知这画像的故事是门外汉的杜撰。

因此，我们可以确定地说：作品中的生动活泼的人、事、境，是在作者下笔以前就存在于作者的脑中的，必定脑中先存那么一些东西，然后他笔下可以写得出来，若脑中只有一个概念（主题），下笔时再忙于"形象化"，未有不失败的。通常我们说，"我有一篇作品已经构思成熟"云云，决不是单指思想方面。因为就创作过程而言，作品的思想与技巧应当是同时成熟的。思想成熟时，技巧也就成熟了；未有思想不成熟而技巧先成熟的作品，如果有之，那么这所谓技巧便是舞文弄墨的技巧，不是我们所谓技巧。如果一篇作品单有思想的骨架而没有技巧的血肉，那么可以说还是因为思想上尚未十分成熟之故。因为文学创作上所谓"思想"是离不开"形象"的，一个作家脑海中出现了一个"主题"的时候，"形象"必伴之而来，在创作过程中，决没有什么不与形象相伴随的光杆的所谓"思想"。

《从思想到技巧》

如何断定材料已经成熟

再进一步说，假如一个作者自己觉得材料已经有了，可是怎样才能断定这些材料是否已经成熟？换言之，他怎样才能断定用这些材料写成的作品可以使读者鼓舞兴奋？要回答这个问题，我们假定作者必先检查他的材料，而检查时必有标准：

第一，作者应当估量他的材料是否有普遍性。凡属人人切身利害所关者，也即是使人人看了以后发生同感，觉得自己也就是书中人物之一，觉得作者正写到了"自己"，因此而跟着书中人物同笑同哭，同悲同喜——凡能做到这样地步的，我们可以说这材料的普遍性是够格了。

第二，作者应当估量他的材料是否有典型性。凡在这个时代中，具有决定的影响的（或使时代前进，或使时代倒退），凡是在这个时代中，最大多数人虽未出之于口，但确是人人心中所有的希望和理想，以及最大多数人感觉到成为问题的，就是所谓典型性。

　　经过这样的检查以后，如果认为都够格了，那就是作品的材料已经成熟了，写出来，那一定是一篇成功的作品。因为它将使读者发生兴趣，发生回想，感得亲切，读了一遍还想再读一遍，每多读一遍，便多一层认识。作品到这个程度，技巧和思想是一而二，二而一，或为浑然的一体。

　　　　　　　　　　　　　　　　　《从思想到技巧》

作家应具备的"眼光"

或者有人要问，作者用什么方法可以找出普遍性或典型性的人和事呢？用通俗的话说，即须有"眼光"。"眼光"是什么东西，不能拿出来研究，然而作家在某种条件下，方能具备这种"眼光"，却是可以具体地研究的。我认为一个作家如果具备了下列的条件，亦就有了"眼光"。

（一）博学：作家所写的是人类的生活，这正是最广博复杂纷纭错综的一个对象，所以非有渊博的学识不足以竟其功。

（二）丰富的经验：学识可以从书本子里间接得来，经验则靠自己亲身的阅历。没有丰富的生活经验，如何能在纷纭万象中看到普遍的与典型性的东西？

（三）如果一个作家见理不明，正义感不强，如果他没有能恶人斯能爱人的热情，如果他终日沾沾于名利，患得患失而缺少一个宽大的胸襟，如果对

《子夜》手稿之一页

于人类有史以来求生存、求发展、求前进的历史方向没有正确的认识，他就不会有这样的一副"眼光"。

《从思想到技巧》

文学作品的教育意义

　　一篇好的作品往往可以使读者着迷，因为它使他们亲切地从作品中认识乃至认清那些他们似曾相识的人和事；它说出了他们想说的话，使他们从作品中看清了是非黑白，使他们知道一件事的过去、现在和将来，尤其对将来抱起一种强烈的希望；它将使勇敢者更勇敢，消极者积极起来，懦弱者坚强起来，使强暴奸邪有所畏惧——文学作品的教育意义即在于此。这一切的完成，固然有待于技巧，但是如上所述，技巧是不能离开思想的，离开思想而孤立起来的技巧，不过是舞文弄墨的末技；我们所谓技巧是比舞文弄墨要广大得多，也深刻得多。

　　最后再说一句：一篇作品思想上的成熟，同时也应该是技巧上的成熟。现在有不少人这样想：为难的是技巧，思想却不成问题。好像思想方面已经成熟了，只待技巧成熟来配合。我觉得这是不对的，我们应当反过来说：思想上的成熟，同时也就是技

茅盾与第一届文代会部分代表在东总布胡同二十二号合影

巧上的成熟，通常觉得是技巧不够而招致的失败，其实还是思想上不成熟之故，所以不要小看思想，而自谓思想上我已把握得很好了，我们要下苦功夫的，还是思想问题。

《从思想到技巧》

新形式与新技巧

　　我们常常看到这样的事：同样"读书破万卷"的几个人下笔之时却不能同样"如有神"，有的简直脱不出前人的窠臼，有的稍能变化运用，有的则可说已经豁然贯通。这种现象应该怎样解释？通常一个最简便的解释便是：此诸人者，天资高低不同，故虽所学者同，而造诣则不同。天资有高低，这是事实；然而除大智与大愚，人群中究以中材者占最多数，中材者从事于同一的学问，倘所用的功夫相若，所走的路相同，照理不应有太大的距离。至谓天资之中尚有分类，或富于文学天才，或富于其他，这说法可太玄妙了，只好存而不论。这样看来，天资之有高低还不能圆满解释何以学力同而造诣则不同。在这中间起了作用的，一定还有什么因素。这因素是什么呢？我以为仍是生活经验。文艺作品之独创的风格（包括技巧）无疑是生活经验加学力的结果。各人所受于前人者虽相同，然而各人的生活经验不同，两者乘除，故而各人的风格遂有种种的差异。此有古今中外诸大家的作品及其身世可为明证。

然而从伟大杰作中学习技巧，事实上是比从生活经验中摄取技巧较易为力些。试举最浅显者为例。为某一事物找一个新颖的形容词，在技巧上说来，只能算是初步的功夫，然而第一个想到用"蛾眉"来形容女人的修眉的，我们不能不承认他的创造力。为什么呢？因为这一个形容词是从生活经验中摄取来的。把错综复杂的故事加以处理，使其疏密得宜，脉络贯通，起伏相应，这在技巧上是属于高级阶段的，然而我们中间凡有多少写作经验者皆优为之，我们还觉得这比找一个新颖的形容词要省力得多。为什么呢？因为这属于高级的结构的技巧，我们平时读前人的作品时早已看熟了，而新颖的形容词则非要我们自向生活经验中找觅不可。从古人已经想出来的"蛾眉"这形容词而联想到"水蛇腰"这形容词，姑无论两者的工拙如何，单就这一词的创造性而论，也是堪以赞美的；然而我们写作了多年的人连这样的形容词也就创造不出好多，为什么呢？无非因为从生活经验摄取技巧，实在是比从书本上学习要难一些。

这一点难易之差，会使人们得了不正确的理解，认为关于技巧方面的种种是属于学力的范围，和生活经验不生关系；这一点误解，往往成为创造新形式、发展新技巧的障碍。新形式和新技巧之创造与发展，不能仅恃前人的遗产，必须于活的现实生活中求之。

《杂谈思想与技巧、学历与经验》

写作如何选材

　　材料这东西，虽非作家的亲骨肉，但是多少等于螟蛉子的地位，作家对之总有几分偏心，明明是一块不成器的材料，却往往不舍得丢掉，左看右看，怀着希望败子回头的心理，总想找出百分之几的好处来，以便借口收留，这种妇人之仁，最最要不得。

　　不过我们的挑剔，绝对要有原则。一、主题至上，一切服从主题。二、小巧之处，从严取缔。一篇作品有一个故事，这故事无论怎样复杂，总有一个中心；这个中心，从"事"这方面看，它是负有透过了现象而说明本质的任务的；从"人"这一方面看，它是表现着某一宇宙观，或两个以上不同的宇宙观的冲突，决斗。但此两者，"事"与"人"的关系，不是平行的："事"由"人"生，故二者又在"人事关系"中统一起来。作者最大的苦心，就是要在他所采集的丰富材料中间拣选出那些最能表现某一特定的"人事关系"的性质的东西；凡不合此用者，都在摒弃之列。可是同样足以达成此目的之材料，从材料本身上看，又有个讲究；比方说，铜、铁、锡等等材料，都可以造成水壶，其为水壶则一，其为"用"则不一样。这个比喻当然太粗浅，但慧心人由此当可明白通常所谓"要在典型的环境中写典型的人"这句话的意义了。因此，凡是小巧材料，骤看之时，好像满能完成特定的写作目的者，一定要从严审察。作家要慎防迷了眼。又如一些可以称为"噱头"的小巧的东西，即使是有之亦无伤"大雅"者，也要从严取缔，因为这些"助兴"的东西常常会将一篇的主题弄模糊了的。

上面所述，都是假定你所采集的材料已经等于砖瓦木料铜铁等等；然而事实上，很少有那样便宜的。事实上，一般的材料只是一种生料，比如矿石。要想从这中间得到合用的原料，还须提炼；而这"提炼"的过程，又是在你造意写如何一个作品之前，不自觉地在进行的。蜜蜂采百花之精英以酿蜜，这种本能是天赋的，造物未给我们这种本能，要靠我们自己去学得这种能力。到现在为止，似乎还没有一种教科书教人怎样学习从生料提炼原料的方法。但是要养成这种能力该具备什么条件，那就早已不是一个秘密。条件是哪些呢？广博的人生经验与正确的社会科学知识。一个作家的"修养"，应当不限于写作的技巧之类，因为在选材之时，他就需要"眼光"，这"眼光"决不是天生，而是靠自力养成的。

《有意为之——谈如何收集题材》

创作先有主题还是先有人物

创作先有主题呢？还是先有人物？

从主题的命义上讲，它是在人物之前就有了的。譬如打算描写社会现象中的这么一种现象，这么一个方面，当然包括我们对于这种现象的看法和见解，是先有这个主题，才来写的。可是事实上，在创作的过程中，构思的过程中，也不一定这么呆板。我们在构思过程或创作过程中，只想到主题，而没有想到人物，也是不会有的。譬如写抗战开始时的现象，一般是先有了对这种现象的见解和看法，这种现象自然不会是抽象，一定会连带到人物，虽不明显，总先有了几成影子；进一步把和那主题有连带关系的人物，更详细地分析起来，那么人物的影子在作家的脑子里就更加明显起来。不过也有些例外，先有一个非常明显的人物在脑子里，再从这个人物的身上想出许多事情，再确定了主题。

所以在理论上讲起来，应该是主题在先。但实

1980 年，丁玲来寓所看望茅盾

际上也不老是这样的。差不多在主题已经很成熟的时候，人物十
之八九也已经有了。至少主要的人物已经有了七八成的样子。

《谈 "人物描写"》

人物的描写比重

重要人物与次要人物在描写上的比重怎样？

主要人物与次要人物的分别，有时也很为难。作品中写得很多的人物，不一定是主要人物，这要看这人物所经历的事情在故事的发展中是不是起主要的作用，如不起主要作用，那人物也就不是主要的了。次要的人物是为帮衬主要的人物而设的，他的动作是次要性的，他有附属的性质，一般说，他的动作当然要少，少到什么程度，要看个别情形，并没有一定的规则，写到已经够了的时候，当然就可以不再写了。

一个故事当然是描写一个人的，但不能只有一个主人公而没有陪衬的。譬如写一个有钱人家，当然要写到佣人，他们通常是拿来作衬托的，起着一种好像舞台上的小道具一样的作用，这是由作家事先布置好的。当然也有一些例外，他们可以只出现一下，譬如主人与客人在那儿谈天的时候，当差送茶来，这个当差可以连名字都没有，以后也不一定要出场。

　　我的意见，构思的时候应先有人物，然后想出故事，不是先有故事再想出人物来。要使故事服从于人物，不是使人物服从于故事。故事与人物应该是一种有机的配合，拿掉一点，就会损伤到全体。故事中不需要的人物，能省则最好省之，在故事发展中人物的描写也要顾到人与事的相称。在动手以前，作家应先有个布置，人物写得多或少，就可以此为标准。

《谈"人物描写"》

如何收集整理材料

有了创作动机后，如何收集整理材料？（即是说作家对于自己并不十分熟悉的人物，应如何去收集材料？）

这个问题应该反过来讲，不是先有创作的动机，再去收集材料，而是先来收集材料，然后在材料当中产生出创作的动机。

一个作家，在自己熟悉的生活圈子以外一定也时常与另外各种生活有接触，在他的生活圈子的边缘与其他各种生活的边缘相接触之点，就是他的所谓"观察"。这种观察，或者是有意的，或者并不。但因为那些生活他时常接触到，不论有意无意，对于这种不同的生活，他总有印象和看法，到了某一时期，想把它作为写作的材料的意思，就自然会起来，但在此时，往往会发现，平日的见闻还不够，观察还不够深刻，那时就要有意地再去收集观察。

用什么方法？你如果是有意的话，可以特地找这班人去谈，或者，你可以到这个生活圈子里去混一下。譬如有些作家，要写妓女，要写大赌场，便曾经"经验"一下的。

还有一种普通方法就是写札记。不论是体验或观察或耳闻，觉得有意思，就把它记下来。这样一点一点集得很多的时候，也有大用。

另外一种方法就是多读记载事实的报章刊物。譬如走私，我没有走过私，但是走私大概的情形，报上也许有记载的。不过如果把这些材料来写的话，那还不够，还要找这里面的人去谈。

《谈"人物描写"》

写作如何设立大纲

写作前要不要先有个大纲?

写作之前要不要大纲,这要看各人自己的习惯,或随他个人的高兴,并无定规。大概写比较长一点的东西,总有一个比较简略的大纲;也有人喜欢先来一个详细的大纲,那是个人的做法。

我曾经在一本小册子①上说到巴尔扎克写作的习惯,但他这种习惯,也是自然形成。他欠了一身债,每天在过年卅似的。因为他尚未成名以前,曾经想做一个出版商人,想把世界名著印成很好看的袖珍本,他担任编辑,人家出资本印,可是销路不好,亏了本,他欠了许多债,这笔债一直还到他翘辫子。后来他靠卖稿子度日,因为缺钱,老是先拿钱定期交货,到期非交货不可,而出版商给他的期

---

① 指《创作的准备》,一九三六年十一月上海生活书店出版。

也不会长，于是他只好先将小说草率写成，先践了约，然后于排印时再加修改。他的原稿第一次排版的时候每行相距很宽，他校对时即就排样上增加修饬，往往多出原稿一倍。第二第三次改排，都如法炮制，一直到他自视满足为止。可是出版商只出一次排工，其余几次改排的工资都要他负担，所以他的所得，大半又被扣除作改版工资了，他的债永远还不清。

巴尔扎克的第一次原稿，实际上只是一个大纲，西洋许多作家，写作时是有大纲的，巴尔扎克的习惯却最特别。

《谈"人物描写"》

写作如何凸显人物

特别重要的人物，如何使他凸出来？

这个问题可以和下面的题目（写人物的方法主要可以归纳为几种？）连起来谈。

怎样使一个人物的形象凸出呢？这也可以用一句滑头的话来回答：你写得很好，他就凸出来了。如果把从前人写人物的方法来想想，来研究研究，也许可以得出一些方法的。大作家并没有定出方法来，但我们可以从作品当中找出一些方法，不过方法是无穷的，今天倘已有了九十九个，也许明天又多了一个，成为一百。写一个人物，主要不要拿作者的口气代替这个人物来说明，不要说这个张三怎样，他的习惯怎样，他有什么特点，而是要作者使这个人物在那里行动，我想这是大家都知道的一个最主要的条件。那么用什么方法写这个人物的行动呢？一个人物总该有一个目的，他要达到这个目的，自然要遇到许多困难，我们就要写他用什么方法来打破这些困难。不过他也不是一天老是记着这个目的，他除了有目的的行动以外，还有一些无目的行动，譬如一个人在抗战时期，除了做抗战工作以外，也要游玩，也要谈恋爱，或者也要上旧货摊去找便宜货。我们要写他有目的的行动，也要写他无目的的行动，这样，才可以写出生动的人物来。

有的人同许多朋友来往的时候，脾气是很好的，在朋友面前对他太太的脾气也是很好的，但他一个人和太太在一起的时候脾气又很坏，这样的人，我们要写他的两面，才能写得有生气。

有些作家，在一个人物出场的时候，并不把这个人物的性格的各方面，一下子就写完，好比画一张一笔的面相。譬如说托尔斯泰，他的人物出场时只使读者看见他的性格的一部分，故事发展，性格也慢慢地发展，到这部书写完，这个人物的性格方才完成。这正像一个人物在动，从远处朝我们走来，最初，我们看见此人穿的衣服是白是黑，其后乃见身材是长或胖，更近一点，我们就可以看见他是圆面或长脸，再近，那就连眉毛旁边有一个小黑点，他笑的时候有什么特点等等，都看清楚了。

写一个人物，有时常常拿此人的动作上的习惯反复强调起来，以为可把这人物凸出来，其实这不是很好的方法。写短篇的时候，反复应用这方法，使人还不怎样讨厌，倘写长篇，则反复应用之结果，将使满纸黑点，毫无可取了。

《谈"人物描写"》

心理描写与实际体验

心理描写与作家体验之关系怎样？

天下事都有两方面，不能看得太死，譬如生活经验是重要的，但也不可以为除了自己实实在在"经验"过的范围以外，便一字也不能写，我们要知道"经验"之外，还有"想象"，有许多心理状态，作家是没有经验过的，就要靠想象。

体验是很重要的。但是没有想象也不行。不过所谓"想象"，也应该有生活经验的基础，不是凭空来的。我们男人要写各种女人的心理，当然不能去做一次女人再来写，所以这是靠"想象"，但倘使我们生活在决无女人的荒岛上，就无从"想象"。你没有做过贼，没有偷过东西，但和"偷"相类似的心理总会有过的，所以也可以写偷的心理。写死都是骗人的，因为直到现在，还没有一个人死后复活起来，证明谁写死写得不对。

没有类似的经验基础，要想象也难以想象。北方人有一生一世没到过南方的，如果有人告诉他江南一带河道之多，前门是河，后门又是河，甚至拿一个水桶可以在后门吊水，他是无论如何想象不出来的。勉强要他"想象"出来，一定弄成四不像。所以写作的人当然更要有丰富的生活经验，换句话来说，就是要走的地方多，交的朋友多，干过的职业多，但还要加一句：读的书多。大家都以为高尔基干过许多职业所以能写，却忘了高尔基写以前读的书更多，因为书中有几千年来人类智识之结晶，有几千年来人类生活经验的结晶。

《谈"人物描写"》

以《羊脂球》看短篇小说

我们看一看莫泊桑的一个并不怎样短的短篇小说《羊脂球》。这是莫泊桑的代表作之一，可并不能算是他的短篇小说的典范之作——因为实在不短。然而正因为其不短，倒给我们一个考察其写作法的方便之处。《羊脂球》写的是一个横断面，故事集中于一点———一个线索，有波澜，有顶点，人物可也不算少，那一辆马车里的十个人一笔不漏地都被描写到。我们可以说，短篇《羊脂球》所有的材料倘用来写一个十多万字的长篇，光景也不会觉得薄弱。然而莫泊桑把它们写成一个短篇；虽然是二万字左右的长的短篇，但无可争论地是一个短篇。莫泊桑用怎样的手法来写的呢？首先，他使那些不同阶层的人物同坐一辆"逃难"的马车（故事就从这里开始），其次，他用一件事实上百分之百可能的小事——马车迟到，车中人皆饥寒交迫，而独那诨名"羊脂球"的女人（一个妓女）带有丰富的食物——来描写同车的其他"高贵"人士的"雅量"与"和善"，最后，他用又一件百分之百可能的小事——车到驿站后，占领军的德国军官想在"羊脂球"身上"抽税"，"羊脂球"坚决不肯，而同车的其他"高贵"人士则用尽了种种方法"说服"她——把那些"高贵"人士的本相完全暴露了。故事至此就到达了顶点，但还有尾声："羊脂球"为了同车人的利益而牺牲以后，并未得到感谢，反倒招来了那些"高贵"人们的"过河拆桥"的侮辱，而这，莫泊桑仍以在车中进食一事表现出来（这回是"羊脂球"忘带了食物而其他各人则皆备得很充足），和开篇所写者作一呼应，作一对照。

这就是《羊脂球》的写法。故事很简单，然而写成二万字左右我们并不觉得它拉得太长。人物相当众多与复杂，然而只写成二万字左右我们也并不觉得它草率而枯燥，每个人物都被写得淋漓尽致了。从这一篇，我以为我们多少可以领悟一点短篇小说的写法罢——在字数多寡及纵剖或横断以外的写法。

因为短篇之好拉长，在今天似已成为一种风气，所以我在这里拈取了长及二万多字的《羊脂球》来研究。我的意思是想说明：如果写长了，那决不是拉长，写短了，也决不是硬缩短，这还不是会不会剪裁的问题，而是作者从怎样的角度去取材，以怎样的手法去处理。短篇小说似乎自有其法规。当然世界上决无一成不变的法规，也没有万全的"放之四海而皆准，俟之百世而不惑"的什么法规，但我们总得承认是有法规的。

《对于文坛的又一风气的看法
——谈短篇小说之不短及其他》

对文学的兴趣

在青年时期，一个人的"兴趣"有真有假，有发自内心的深处的，有属于一时的感情冲动的。而于文学尤然。像上文所说，由于童年时代天天接触的事物而不知不觉对于某些东西发生特别亲切的感情，这是真的兴趣。倘因受了一时风尚的影响，或因同伴们一窝蜂的行动而受其引诱，那么，这"兴趣"的真实性和持久性，就颇成问题。从理论上讲，一个人对于文学发生兴趣，并不足奇，而且几乎可以说是天经地义的。为什么呢？因为文学是反映人生的，一个人对于生活自然有兴趣，则对于反映生活之形形色色的文学发生兴趣，难道还不是天经地义？然而，倘照我们上文所假定，想要"搞文学"的年青人是把"搞文学"作为"想做一个文学作家"来看的，那就又当别论了。第一，我们应当分别清楚：对于文学发生兴趣，并不就是存心做一个作家。有多少从事于其他职业的人，对于文学有兴趣！第二，普通一个青年对于"做一个作家"发生了兴趣，安知不是他看见人家写写作作，发表发表，像是有点风头，故而心动，一时高兴了呢？"发表欲"是差不多每个青年人都有的，所以一个青年而"兴趣"在"做一个作家"，不是不寻常的事，况且，想做一个作家，究竟也不是坏事，因而问题的要点在于他这"兴趣"之真或假，暂时或持久。如果是真的，持久的，那他就可望有所成就，否则，恐怕是白费功夫。

我相信，一个青年自认对于文学发生兴趣的时候，他的确是出于真心。即使他那份"兴趣"还不够真，不够深，可是他自己并不觉得。他不怀疑自己兴趣之所在，他只怀疑着他这"兴趣"会不会带来了一个失望。这是他要问问自己"性之所近"的原因。我们的回答却是：你且莫急于要知道将会成功或失败，因为决定成功或失败的因素多得很（比如学习的方法对不对，下的功夫深不深，环境是不是有利于你等等），你首先应当采取办法来确立你的"兴趣"——本来是真的使它更浓，本来不是的就使它成真。

这所谓"办法"，就是多读。不仅要多读作品，还应当多读人家对于那些作品的批评，还应当多读那些作品的作者的传记，明了他的思想发展的线索（此系假定你所读的是名家的著作而言）。从这样多读，多方面读的过程中，你的兴趣可以确立起来，同时也可说，为未来的成功奠立了第一步的基础。如果在读的过程中你竟"发现"你自己捧起了一本批评的书（当然太深奥的不算）或一本传记就昏昏欲睡，甚至见了那样的书就皱眉头，那我们只好说，你的"兴趣"是有了限度的，只是一个普通人对于文学的"兴趣",作为一个想"搞文学"的人,你这"兴趣"远觉不够。为什么会得如此呢?那要问你自己了。一定要说是"非性之所近",也可以。那我也要劝你不必过分勉强自己;人不可以不努力求为一个对社会对自己都无愧的公民,但是"无愧"之道却不一定是"搞文学"。

《个性问题与天才问题
——答复"想搞文学"的青年的第一个问题》

文学作家具备的知识

他们这样想：譬如骑马，天天骑，自然会了，自然精通骑术了，自然也可确定我是否能成为名骑手了。这坚决的意志很可赞美。然而写作之事究竟不能与骑马一概而论。天天习作，固然可以希望把你的写作能力提高——把你的笔弄成了得心应手，可是一个文学作家光有一枝得心应手的笔是不够的。文字的技巧不过是文学作家应当具有、必须具有的条件之一，没有这条件，谈不到"做一个作家"，但仅有这一条件，也不成其为作家。而且假使想要自知"有没有天才"——就是说，他从事文学有没有较大成就的可能，那更不是单单靠这样的"搞"法就可以得到的。

勤于习作，熟练用笔，这当然是有志于文学写作的青年必不可少的基本功夫之一。此外还有更重要的基本功夫：一是充实知识，二是充实生活。

文学作家是"灵魂的工程师"，倘没有广博而深入的对于人类的知识，怎么能够担当这样大的任务呢？文学的对象是人生，如果你不知道人类过去是怎样生活来的，不知道人类社会是怎么发展来的，你就不能真正了解现在的人生和社会，你对于现在的人生和社会的纷纭错综的现象就只能看得一点皮毛，不能有所真知灼见。人生是整个的，你所生活的小范围内一动一静莫不与广大世界息息相关：广大世界无时无刻不在那里或隐或显或直接或间接影响你这生活的小范围，而你这小范围的生活也无时无刻不在那里或隐或显或直接或间接反影响于广大世界。因此，不认识广大世界，就谈不到真正理解你所生息工作着的小天地。因此，一个作家所要写的对象不能不有个范围，但他的知识却一定不可局限于这范围。写乡村生活者必须熟知其所写的乡村，自不待言，但是假使他对于乡村以外的生活一无所知，或者除了他所在的乡村以外，其他乡村的生活也大都茫然，那他对于他所在这乡村的认识就不会完全，就不能深刻，那他即使能写得照相一般准确，可只是一幅死的风土画而已，只记录下表面的现象而已，不能表现动的人生，不能深入揭发这些现象下面的本质。

这就是想"搞文学"的人必须充实他的知识的原因。常见有些年青人往往这样想，"我既从事于文学写作，其他与文学无关的知识便用不到了"，于是捧住几本名著，当作万应灵药似的死往脑子里装；这种办法是不对的。文学名著固然不可不读，而且要有目的地去读（这一点，下文还要详说），然而不能以为即此便万事俱全，一切问题都解决。最最要紧的，必须多读书——文艺以外的书，可以帮助你更深更真切地认识社会人生的书籍。而哲学与历史尤其重要。

书本上的知识而外，尚须从活的人生中获得知识。所以我们在上文又提到另一基本功夫：充实生活。在一个想"搞文学"的人，充实生活有两种作用。一种就是要从活的人生获得知识，去和书本上的知识相印证，相启发。没有生活，不深入生活，则书本上的知识会在你脑子里硬化，结果非但无益，反而有害。掉过来说，把生活经验看成万应灵药，不要从书本上得知识，那就好比丢掉罗盘不用，硬要暗中摸索，傻劲固然可佩，但亦何必。所以这两者应是相辅相成的。这是一个想"搞文学"的人必须充实生活的目的之一。另一种呢，便是帮助你的写作，使不空洞，使不概念化，使不隔靴搔痒。一个作家之所以贵有生活经验，并不是为了获得写作材料，而是为了要得到真切的体验。走马看花式的隔岸观火式的生活经验，与作家毋宁有害。如果对人生抱旁观的态度，或存了个"找题材"的心，即使他干过三百六十行，我们还是要说他未尝有真切的体验。唯有全身心与生活合抱，这才能有真切的体验，然后他的作品能免于空洞、概念化、隔靴搔痒等等毛病。这就是充实生活的真实意义。想"搞文学"的人如果没有这一认识，他的事业便是建筑在沙滩上的。他只能写些供人消遣的东西罢了。

《个性问题与天才问题
——答复"想搞文学"的青年的第一个问题》

如何读文学名著

　　这里想再申说的，是读文学名著应当有目的。"向名著学习"，这已成为口头禅；这当然是目的之一。学习自然重要，但学习不等于模仿，这一点，我们必须明白。可是对于"想搞文学"的年青人，我以为他拿起一本名著的时候，且慢侈谈如何学习，先得问自己能不能"鉴赏"。你总得先对于一本名著的好处有了真知灼见，然后谈得上学习呀！而"鉴赏"的能力也是要靠养成的。读完一本名著以后，应当自己反问：这本书的好处在什么地方？它和其他名著比较起来，它的特点是什么？它的主题是什么？这些问题都应该有个具体的明白的回答。如果不能明白地具体地回答，只是囫囵吞枣觉得一个好，那你虽然读得多，还是白读，你虽然自以为在那里学习，其实什么也没有学到。

　　不要以为"鉴赏"力的养成是一件小事。"鉴赏"力，或者你说是批判力也可以，其深度简直是无底止的。天下决没有不学无识的人而能"鉴赏"文学名著。鉴赏力之高低和一个人的学问修养的深浅成正比例。在写作方面说，鉴赏力之有无，也和写作能力之大小成正比例。看人家的东西连个好歹也不很了了，而能写出好东西来的人，恐怕世界上也不曾有过的罢。在这里，对于着急地想要先知道自己"有没有天才"的年青人，我有一个献议：要测验自己有无天才，先看看自己对于名著能不能鉴赏；你的眼光是不是尖锐，是不是正确，在对于一部作品发表具体的意见时，便可以看得出来了。而分析一部书的内容，欣赏一部书的技巧的能力，掉一个方向就是写作的能力。

与其多费精力于"习作"，不如多读书；与其死板板地在"习作"上追问自己有无进步，不如反省一下自己"鉴赏"的能力有没有进步。我以为这是"想搞文学"的年青人可以走的一条大路。自然，这不是说，完全不要"习作"。

《个性问题与天才问题
——答复"想搞文学"的青年的第一个问题》

如何读文学作品

读文学作品，一是求懂，懂得不含糊，懂得透彻；二是求能欣赏（无聊的作品根本就谈不到）。我以为求懂是基本的功夫。这里就单单讲这一点。

常常听得说：某书看得懂，某书看了不懂，或只懂一半。这所谓"懂"，是怎样性质的"懂"呢？就一般情形而言，此所谓"懂"，意即书中的故事看明白了。故凡书中的故事段落分开，结构比较单纯者，就容易被"看懂"；反之，心理描写多而情节又错综者，就在"难懂"之列；其尤难者，则为书中所写的生活又全然不是读者所熟悉，作者所要表现的中心思想和读者的意识相差太远的。然而此所谓"没有看懂"，其实不在故事而为人物。故事由人物产生，如果对于书中人物不能有深切的认识，那么看故事也只能得其皮毛而已。所以第一步功夫应该是研究人物。书中人物不止一两个，就应当分别主要和次要，看那些主要人物是些何等样（身份教养、社会地位等等）的角色。如果他们是属于同一社会阶层的，那么，应当比较研究他们的性格是不是一个模子里印出来似的？要能发现他们的同中有异，而异中又有相同之点。如果属于不同的社会阶层，那就得研究他们的观点立场不同之处何在？为什么会不同？而不同之中是否也还有偶然相同的？这些人物经过了若干事情以后，思想上有没有发生变化？如果有变，原因何在？

第二步功夫是看书中提出了些什么问题。换言之，便是要在人事的纠纷中找出他们争执的焦点。这些问题彼此有无联系？倘有联系，其社会（政治的经济的）背景何在？他们的争执，是不是原则性的？问题如果解决了，是在什么基础上解决的？用怎样的方式来解决的？解决之后，对于争执的两方，孰为有利，孰为不利？而不利的一方为什么肯接受或不得不接受？问题也许不能解决，那么，不能解决的原因何在？

在研究的时候，上举两步功夫不一定划分得界限井然，且亦不可能太严格。事实上，研究人物的时候一定要触到事（从人物的行动中研究人物的性格等等），而在研究问题时也不能离开人物。不过两者之中如果总得有个先后，则首先应当研究人物——以人物为线索，进而研究书中所提出的问题。

最后一步功夫是总括全书要旨作一提纲。这是你自己最后来考验一下，到底你所做的第一二步功夫只得一个形式呢还是真有所见？是浮光掠影的呢还是切切实实的？因此，这所谓提纲，并不是撮要叙述内容（人物及其故事）；这是要把作者寄托在书中的中心思想用最少而最扼要的字句写成"标题"似的东西。写不出，或写来不像个样子——或空洞无物，或不得要领，就证明了第一二步功夫并没有做到家，也就是并没有把这书"读懂"了。如果这是有价值的书，就应该再读。或者找些正确的对于本书的批评来研究了，然后再读。

我所谓读文学作品先求能懂，其意义不过如此。

能够如此不怕麻烦，"绞脑筋"以求"懂"，则"如何辨别作品好坏"一问题也就解决了一大半。不过话又得说回来，"先须看你对于好或不好是怎样一个看法"。

《如何辨别作品的好坏
——答复"想搞文学"的青年的第二个问题》

文学作品的寿命长短

　　作品寿命的长短，是它社会影响的重要部分。有些作品，在当时发生了大影响，但过一个时期，其作用没有了，不适合于时代的需要了。这叫作寿命不长。大凡一个作品反映生活愈广愈远，寿命就愈长；反之，只反映了目前的局部的，寿命也必有限。千百年前或数十年前的作品，数量很多，其中若干作品在现在还有生命，到将来也还有生命。我们判断一个作品的寿命的长短，主要是看它的内容，看它所写的问题是不是基本问题，是不是这些问题将来还成为问题。举个例说，鲁迅的《阿 Q 正传》所写的是辛亥革命前后，一个乡下人阿 Q 的生活；在表面上看，这是一个小人物的小事情，可是这作品经过了三十年了仍有生命，并且我们可以大胆地说，数十百年后也还有生命。原因即在其观察的深刻。这虽是小人物的小事情，但作者看得很远，分析得很深刻，所联系到的问题是与中国很大的一部分人有关系，而且恐怕在今后相当长的时间内仍要有关系。中国人因受几千年封建制度压迫的影响，一般的在思想意识上有些共同的毛病（落后性），鲁迅先生以阿Q为标本，指出来给我们看。阿Q是个农民，但鲁迅先生所描写的那种落后性，不仅农民身上有之，小资产阶级以及所谓"士大夫"阶层中却亦有之，而且更多。我们都感觉到可以从阿Q身上找出自己的一点来。当这篇作品发表时，一些"学者名流"都以为鲁迅是在骂他们。这就证明阿Q的性格包括得很广泛，无论上中下各类人物都可以从阿Q身上看出自己的一部分面目。

《怎样阅读文艺作品》

文学作品的技巧

　　作品的技巧，一部分或可说一小部分，是表现在文字方面的。文字的基本条件，一是用字，二是造句。用字必须得当，用字不当就不能正确地表达思想情绪。造句的起码条件是通顺，但在文学作品中，仅能通顺是很不够的，还得注意句法的变化。我们平常讲话，句子有长有短。当表现激动的情绪时，例如喊口号，那句子便常常是短的，一气呵成的。但如谈家常谈恋爱，仍旧和喊口号一样，那就变得可笑了。在什么情形之下，用什么样的句子，长的或短的，构造单纯的，或构造复杂的，这都是属于造句方面的技巧。总而言之，句子的构造是和它所要表达的情绪有互相的关系，两者必须一致，不能矛盾。

　　用字和造句的技巧，从何处去学习呢？可以从前人的名著中学到一部分，但主要是从生活中去学习。作品的文字是加过工的人民口头的活的语言，作者必须善于从活的语言中提炼其精髓，经过加工，使成为"文学的语言"。陈腔滥调，堆砌成篇，可不能算是加工。在文言文是这样，在白话文也是这样。譬如形容词，文言文中的"蟒首蛾眉"现在变做滥调了，但第一次使用这两个词儿的人，却确是从观察生活而悟得的。我们生活中有些现象，平常人熟视无睹，文学家却发现了，提炼而成词，特别新颖可喜。我们所谓文字技巧也须从生活中学习，就是这个意思。

欧洲有两部古典作品，就是荷马（姑无论有无其人）的两大史诗，荷马的作品描写战士们打仗的勇敢，说是像苍蝇一样的勇敢。以苍蝇的勇敢形容战士们的前仆后继，而不说像老虎一样的勇敢，细研究起来是很对的。苍蝇这东西，你把它赶走了，它又回来，百折不回，这不是勇敢吗？老虎狮子虽猛，但人们很少看见，苍蝇的勇敢是一般人天天都看得到的，但一般人却想不到用苍蝇来形容勇士的再接再厉。从以上这些例子，就证明了作家必须善于观察生活，创造出来含义深刻而又新颖的字句。专拾前人牙慧是不足取法的。

《怎样阅读文艺作品》

文学作品的结构

结构——一篇小说必有故事，剧本或叙事诗也都有故事。大故事中包括小故事，小故事中包括更小的情节。这些情节怎样发展，怎样穿插，怎样接笋联系——这都是结构。故事是由作家想出来的，但并非全无根据，只是空想，而是由生活中来的。作家在社会上经历到许多事情，即经验过丰富的生活，由此而构思出作品的故事，但不是把生活原样搬来，而是加了工的。所谓加工，即指作品中的大小故事，彼此间配搭均匀，松紧合度，有起伏，有呼应等等而言。一篇作品，不能平铺直叙，始终如一，也不能从头到尾，一味紧张；总得有错综变化，迂回曲折。这些就叫作结构上的技巧。作品中间的许多小故事，如果有可以删去，而不影响这个作品的完整性的，那就表示作品的结构不够紧密，还不是像一个有机体似的断其一肢即伤了全体。《红楼梦》和《水浒》都是名著，但从结构上看，《红楼梦》比

《水浒》更进步,《水浒》结构松泛,《红楼梦》就紧凑得多；也可以说,《红楼梦》的结构更是有机性的。这是因为《水浒》是根据许多同一母题的民间传说,后来由一个人（说他是施耐庵也好,罗贯中也好）整理加工而写定的。《红楼梦》则是个人的著作,在结构上可作主观的安排。并且《红楼梦》晚出,技巧上自然更为进步。如果把我们作品的结构与《红楼梦》的结构相比,则我们又胜过《红楼梦》了,这是因为我们这时代不但可以总结我们前代的经验,还可以向世界文学的优秀传统学习。

《怎样阅读文艺作品》

文学作品的人物

一篇作品既有了故事，就得有人物。人有各种各样，属于各种不同的阶级。这些人物就是社会上现实的人，但也不是照原样搬来，而是经过"加工"的。作家如不熟习工农，则写出来的工农只是他脑子里的工农，而不是社会上现实的工农。如何把生活中所熟悉的现实的工农转化为作品中人物，使其既为现实的工农而又不是现实人物的照像，那就得运用概括的方法。例如阿 Q 这个人物，为什么写得好呢？就因为阿 Q 这人物是从现实人物中概括出来的。比如我们要写木匠，只观察了张三这一个木匠是不够的，要观察各地各种木匠，把张三李四等许多木匠的性格综合而概括起来，集中表现在作品中的某木匠的身上。要使得这一个木匠的性格包括两方面：一是木匠这个阶层所共有的性格，二是作品中此某一木匠所独有的性格。这样，我们就写出了典型人物。表现人物性格的方法是从行动中来表现。

人物所碰到的是什么事情？他们怎样解决？他们家庭生活如何？等等是通过这些行动表现出人物的性格。我们读一个作品，印象最深的，应该是人物。如果每读一遍对于那些人物就懂得更多，了解得更清楚，那就是人物写得好，这样的人是活的人，而不是概念化的。大凡写得最好的人物，不是用叙述方法来介绍他的面相和性格；而是写他的声音笑貌、一举一动，使人读完后能够想象出这个人物的形貌。《红楼梦》的人物就是用这个方法来描写的，甚至可以从人物的说话中想象出他（或她）的丰采，辨出是男或是女。中国社会上，新知识分子与旧知识分子、资产阶级与地主、工农与职员、男女老小、各色人等，谈吐的腔调都不一样；闻其声，如见其人；写人物而写到这样境界，才算技巧之上乘。

《怎样阅读文艺作品》

文学作品的背景

故事发生在什么地方，和这地方有关的一切大小环境，就是作品中的背景。城市矿山是大环境，一个家庭就是小环境。有的作品不写背景，有的写得不深刻，这都会影响到作品的力量。背景不但指空间，而且也指时间，两者都不能有错误。背景是一篇作品的气氛的重要的构成部分；气氛不够，多半是背景没有写好之故。我们通常说一篇作品的背景的基础，当然也是现实生活，但也是经过"加工"的。如果背景是学校，不能把学校的全部写入，要有重点，有选择，写一部分却使读者由此可以窥见全貌。托尔斯泰的《战争与和平》，背景写得很好，而且多种多样，如宫廷、战场、乡村等等，什么都有。例如战争场面，不止一个，每个写得都有声有色，可又每个不同，各有其特殊气氛。在一个战役的描写上，它把读者的眼光时而引到战场的全面，如凭高俯瞰，时而引读者的眼光逼视一角，如亲历行间；忽而这边，忽而那边，目光四射，使人应接不暇，而又有条不紊。写战场气氛，不但有声有色，并且有味，仿佛我们也在战场嗅着火药味。好的作品写海能使人嗅到盐味，写菜场能使人感到腥味，所以好作品不但绘形，并且传味。天安门游行示威，是一个场面；月白风清的静夜，情人谈心，也是一个场面。一篇作品中间的背景，有轰轰烈烈的，也有完全相反的，这都要有计划地配合起来。背景单调，每使作品减色。因此我们看背景，除了有声有色有味而外，还要看它的变化多不多，没有变化是不好的。卡达耶夫的《时间呀，前进！》的全篇调子是紧张、热烈、跳跃迅速的，作者很巧妙地使结构和背景都适合这个主导的调子。从此处可以看出他的技巧来。背景与人物的情绪也要互相配合。表现愉快的情绪时，配以同调的背景，表现愁闷时，配以暗淡的背景，这是通常的方法。但也可用相反的方法，用相反的背景反衬出人物的情绪。关于背景，简要地说来，就是这样的。

《怎样阅读文艺作品》

文学创作的技术与技巧

在文学创作方面，技术和技巧的区别，不像在表演艺术方面那样显而易见。但原理是相同的。弄明白了"技术"与"技巧"的区别，也就可以扫除技巧问题上的一些不正确的看法。上文引用过法捷耶夫的话："重要的艺术技巧问题是要依赖作者人生观的深度，和他包罗生活现象的广度，来解决的。"法捷耶夫的这句话，是符合于古往今来，许多艺术大师的实际经验的。从我国的古典文学中，也可以找到许多例证。

技巧问题不能同作者的人生观的深度和他的生活经验的广度割裂开来求得解决；既不能单独从作者的艺术实践所积累的经验中求得解决（虽然作者的艺术实践所积累的经验是解决技巧问题的一个重要的构成部分），也不能单独从学习古典文学来求得解决（虽然学习古典文学也是必要的），更不能把技巧当作一个技术问题来求得解决。

　　技巧问题既然不能从形象思维中割裂出来，技巧和思想既然不是对立而且技巧是依赖着思想的，那么，是不是就没有可能来单独研究技巧问题了？这又不然。古典文学的大师们以及现代的杰出作家们，事实上已经做出了艺术地表现生活真实的光辉的范例，这些范例所包含的基本的艺术经验，形成了艺术技巧的一些惯用的原则；研究这些原则，并进而掌握这些原则，是可能的，也是必要的。

《关于艺术的技巧
——在全国青年文学创作者会议上的讲演》

文学作品的艺术技巧

　　生活经验的素材要经过综合、改造、发展这样的一系列的加工，然后成为作品的题材。这一过程，我们称为"构思"。在"构思"过程中，一般的经验好像是人物的形象和故事的情节同时出现，同时发展，最后以至成熟。但认真研究起来，首先出现的应是人物；不过人物形象的出现不能不和故事（即这人物的活动）联在一起，因此我们总觉得它们是同时出现。有时，我们心目中先有一个相当清晰的人物形象而还没有完整的故事，这并不为奇；但如果已有完整的故事而人物形象却很模糊，那就得慎重地研究它的缘故。在一般情况下，原因是这样的：所以能有完整的故事，是因为我们听到的同类的真实事情很多；而又因为我们只是听人讲到这样的真人实事，却没有在产生这样的真人实事的环境中生活过，所以人物的形象是很模糊的。作品中的故事不一定是作者自己亲身的直接经验，但作品中的人物却不能不是作者自己的生活经验的产物。

生活经验的素材必须经过综合、改造和发展，而人物形象的成熟必须从自己的生活经验中获得：这是艺术创作的重要原则。那么，我们凭借什么来进行生活经验素材的综合、改造和发展呢？

没有一个作家是纯然客观地在观察生活的。纷纭复杂的现实，在作家头脑中所产生的各种各样的反应——他所接受的，或者排斥的，喜欢的或者憎恨的，唤起他想象或者引导他作推论的，都是受他的身世、教养、生活方式等等所形成的思想意识的操纵。作家按照他自己的世界观去解释现实，分析现实，并且从现实中拣出他认为是主要的、能够说明他的思想的东西，经过综合、改造、发展的程序而最后成为作品的题材。也就是说，指导作家的构思过程的，使他在现实中所拣取的、要用艺术手段来夸张的，恰恰是甲而不是乙，不会是别的东西而是作家的世界观。而只有那具有共产主义世界观的作家能够使他在现实中所拣取的东西是反映了现实的本质，指出了前进的方向的。也就是说，在"典型的环境"中表现了"典型的人物"的。

《关于艺术的技巧
——在全国青年文学创作者会议上的讲演》

文学作品的人物行动

　　人物的性格必须通过行动来表现。作家在构思过程中，人物的形象和故事的安排好像是同时成熟的；但事实上，一定是心目中先有了呼之欲出的人物，这才组织起故事来。如果不是这样，作品就难免（甚至一定会）是概念化。古典作家常常把听来的故事加以改造，例如果戈理的《外套》。但《外套》的人物却是果戈理的生活经验的产物；果戈理心中早已潜伏着《外套》的人物，不过直到他听到了那个官场逸事，他这才有意地要把这样人物作为故事的主角。

　　在长篇作品中，除了主要故事，还有许多小故事或插曲；这些都是为了表现次要人物的性格而安排的。次要人物和他们的故事，正同主要人物和他的故事一样，是为作品的主题思想服务的。不能为主题思想服务的次要人物便是可有可无的多余人物，在作品中不起作用。

　　既然人物的行动（作品的情节）是表现人物性

格的主要的手段，那么，人物性格之是不是典型的，也就要取决于这些行动的有没有典型性。作者支使人物行动的时候，就要尽量剔除那些虽然有趣、生动，但并不能表现典型性格的情节。有些作者为了要表现主人公的"精神面貌"，以加强其典型性，特地使他的主人公来一个恋爱场面，或者处理一些生活琐事，但是很可惜，恋爱场面也好，生活琐事也好，都没有起着加强人物典型性的作用，反而成为多余的"插曲"，破坏了作品的完整性。当然，从各个角度来表现人物性格，是必要的，但如果以为总得另外来点什么插曲这才能够表现主人公的"精神面貌"，这在理论上是站不住的。因为，人物的性格既然是从人物的各种行动（其中也包括恋爱和生活琐事）表现出来的，而且也不可能想象性格的表现不包括"精神面貌"，那就不能把行动中的一部分（例如恋爱和生活琐事）划出来算是表现"精神面貌"的专门材料。人物在生产中的活动何尝不能表现他的"精神面貌"？而且，应当承认，劳动人民的"精神面貌"正应该主要地通过生产活动来表现。但这，并不等于生产技术细节的描写。如果把人物的生产活动放在生产技术细节的框子里来描写，那就虽然写了在生产中的人物却并没有写出人物的"精神面貌"。

善于描写典型的伟大作家不但用大事件来表现人物的性格，而且不放松任何细节的描写。《红楼梦》写宝玉和黛玉第一次见面，听说黛玉"无字"，就送"颦颦"二字，探春问："何处出典？"宝玉便引《古今人物通考》西方有石名黛，可代画眉之墨，"况这妹妹，眉尖若蹙，取这个字，岂不甚美？"探春笑他："只怕又是杜撰!"宝玉的回答是:"除了四书,杜撰的也太多呢。"
这一段对话,不过寥寥数语,可是不但从主要地方勾画出黛玉的
形象("眉尖若蹙"),尤其值得注意的,是"杜撰"一语表现了
宝玉的思想。从宝玉爱那些"杂学"这一点上也表现了他的性格,
并且还暗示了这性格和环境的矛盾。下文紧接着写宝玉问知黛玉
是没有玉的,就拼命摔自己那块玉,于是宝玉的形象更加鲜明生
动了。这些对话和细微的情节之所以不成为多余,就因为它们是
典型地表现了这个典型人物的性格。

　　夸张地描写人物外形的特征,也是惯用的手法,但过度的夸
张会使得人物漫画化;夸张得不适当,会流于庸俗。人物的服装
的描写也不是没有目的性的,不应该"为描写服装而描写服装"。
白居易的《上阳白发人》有这样四句:"小头鞋履窄衣裳,青黛
点眉眉细长。外人不见见应笑,天宝末年时世妆。"这不仅是为
了勾画出人物的外形,加强了作品的形象性,主要的还是寓强烈
的控诉于轻松的笔墨,因而发展了主题思想。服装描写达到了这
样的目标,表示了高度的思想性与艺术性的结合,这就不能说是
单纯的技巧问题了。这四句之所以会有这样的效果,和作品体裁
之为叙事诗式的《新乐府》有关系,在一般作品中,不能作同样
的要求;然而服装描写既是人物外形描写的一部分,就必须对于
人物性格的表现,或者对于特定场合的人物心情的表现,起辅助、
配合的作用,而不应一般化,成为多余的笔墨。

　　　　　　　　　　　　　《关于艺术的技巧
　　　　　　　　——在全国青年文学创作者会议上的讲演》

文学作品的环境描写

　　作品中的环境描写，不论是社会环境或自然环境，都不是可有可无的装饰品，而是密切地联系着人物的思想和行动。作家常常要从各方面来考虑，在怎样的场合应该有怎样的环境描写。不适当的环境描写会破坏作品的完整性，至少也要破坏作品的气氛。一段风景描写，不论写得如何动人，如果只是作家站在他自己的角度来欣赏，而不是通过人物的眼睛，从人物当时的思想情绪，写出人物对于风景的感受，那就会变成没有意义的点缀。风景描写，和室内的装饰布置的描写，时常被用来加强特定的气氛。而为了达到这目的，有时会觉得正面的渲染方法不如对比的手法能够产生更强烈的效果。烦恼的人恰恰落进作乐的场合，表面上不得不强颜欢笑，心里却加倍痛苦——这在作品中是常常看到的，在生活中也常常看到，不过，由于作家的加工，作品中所表现的，比在生活中所发生的，就要强烈得多。

　　有些作品常常在开端用一行地位写一句话表明故事发生的时间，例如"夜已经深了"，或"时间正当中午"；这一句，由于是独占一行地位，就有大书特书的气概。在这一句以后，故事是逐渐展开来了，然而时间的进展，就很少或者简直没有描写到，于是读者就弄不明白究竟这些事情都是在"深夜"或"中午"发生的呢还是在深夜或中午以后。也有些作品一开头写了几百字的"外景"，而后写到室内的人物，展开故事；这一段"外景"与室内发生的故事不相关涉，因此"外景"的描写成为赘疣。这都是没有很好地考虑到环境的描写应当与人物的活动紧密配合。

　　作品的主人公活动的场所是主人公的大环境；这大环境影响着主人公的思想和行动，同时，主人公的思想和行动也会对于这大环境里的事物发生作用。在这意义上，前面讲过的关于环境描写的种种，便只能算是舞台上的一片布景或一些道具。一般说来，找到合适的因而也就不是多余的布景或道具，还不是十分费力的事。也就是说，学会这套本领，并不太难。但是要布置作品的大环境，就需要付出更多的劳力，需要高度的思想性和组织力。在构思的过程中，我们平常所说的"结构"，就是意味着大环境的安排。"结构"不光是把整个故事的细微情节处理得条理井然就算完事；"结构"还须表现出主人公的性格发展的过程，何以是这样的发展而不是那样的发展。

《关于艺术的技巧
——在全国青年文学创作者会议上的讲演》

图书在版编目（CIP）数据

看见绚丽的阳光 / 茅盾著；舒童编 . —上海：上
海三联书店，2020.9
（大家讲述）
ISBN 978-7-5426-7087-8

Ⅰ．①看… Ⅱ．①茅… ②舒… Ⅲ．①文学评论—文
集 Ⅳ．① I06-53

中国版本图书馆 CIP 数据核字（2020）第 107811 号

看见绚丽的阳光

著　　者／茅　盾
编　　者／舒　童
责任编辑／程　力
特约编辑／蔡时真
装帧设计／鹏飞艺术　周　丹
监　　制／姚　军
出版发行／上海三联书店
　　　　　（200030）中国上海市漕溪北路 331 号 A 座 6 楼
印　　刷／三河市中晟雅豪印务有限公司
版　　次／2020 年 9 月第 1 版
印　　次／2020 年 9 月第 1 次印刷
开　　本／640×960　　1/16
字　　数／142 千字
印　　张／24.5

ISBN 978-7-5426-7087-8/I · 1640

定　价：49.80元